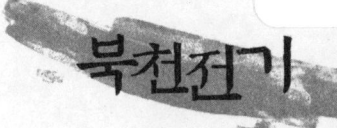

천봉 신무협 장편소설

북천전기 9

초판 1쇄 발행 2023년 3월 14일

지은이 ㅣ 천봉
발행인 ㅣ 신현호
편집장 ㅣ 이호준
편집 ㅣ 송영규 최종건 정재웅 양동훈 곽원호 조정범 강준석 최성화
편집디자인 ㅣ 한방울
영업 ㅣ 김민원

펴낸곳 ㅣ ㈜ 디앤씨미디어
등록 ㅣ 2002년 4월 25일 제20-260호
주소 ㅣ 서울시 구로구 디지털로 26길 111 JnK디지털타워 503호
전화 ㅣ 02-333-2513(대표)
팩시밀리 ㅣ 02-333-2514
E-mail ㅣ papy_dnc@dncmedia.co.kr
블로그 ㅣ blog.naver.com/gnpdl7

ISBN 979-11-364-4275-8 04810
ISBN 979-11-364-3596-5 (SET)

※ 저자와 협의하여 인지는 붙이지 않습니다.
※ 이 책은 ㈜ 디앤씨미디어(파피루스)가 저작권자와의 계약에 따라 발행한 것으로 본사와 저자의 허락 없이는 어떠한 형태나 수단으로도 내용을 이용할 수 없습니다.

9

천봉 신무협 장편소설

북천전기
北天戰記

1장. 뜻밖의 결말 · 7

2장. 이상한 눈빛을 지닌 자 · 49

3장. 해왕의 찬란한 등장 · 115

4장. 황태, 다시 움직이다 · 145

5장. 왠지 느낌이 좋다 · 187

6장. 황태, 돌아서다 · 241

7장. 주작전주 차소령 · 283

1장
뜻밖의 결말

뜻밖의 결말

"바로 시작하도록 하겠소이다."

땅땅땅!

서문회가 오지도 않았는데 여태량은 시작을 알렸다.

그는 연후와 왕적을 번갈아 응시하고는 말을 이었다.

"하면 두 분께서 서로 원하는 조건부디 들도록 하겠소."

"여기 상세히 적어 왔소이다."

왕적이 먼저 종이 뭉치를 여태량에게 건넸다.

연후는 가만히 있었다. 그러자 여태량이 그를 빤히 쳐다봤다.

연후는 비로소 입을 열었다.

"중재를 요청한 쪽은 황금상단이니 그들이 내건 조건

부터 들어 보고 결정하겠소."

"그 말씀은…… 황금상단의 조건이 마음에 들지 않으면 수락하지 않겠다는 뜻이오?"

"그렇소."

"흥!"

왕적은 코웃음을 쳤고, 여태량은 이채를 발했다.

여태량은 잠시 연후를 응시하다가 왕적이 건넨 종이 뭉치를 하나하나 펼쳐 읽어 내려가기 시작했다. 적어 놓는 조건이 많았는지 모두 확인하는 데 걸린 시간만 한 식경이나 소요되었다.

그때까지도 서문회는 오지 않았다.

확인을 마친 여태량이 자리에서 벌떡 일어나 연후에게로 다가갔다.

"조건이 많아 아무래도 가주께서 직접 확인을 해 보시는 게 좋을 것 같소이다."

연후는 여태량이 놓고 간 종이 뭉치를 내려다봤다.

첫장부터 서북무림의 다섯 지점에서 압수당한 재산을 돌려받아야겠다는 내용이 적혀 있었다.

'장로원주를 믿고 이러는 모양인데…….'

연후는 한 장, 한 장 넘기며 확인을 이어 갔고, 그 시간은 여태량의 절반도 채 걸리지 않았다.

탁!

연후는 종이 뭉치를 내려놓으며 왕적을 직시했다. 왕적도 지지 않고 그를 노려봤다.

"황금상단이 요구하는 조건은 모두 받아들일 수 없소."

"……!"

왕적의 낯빛이 싹 변했다.

여태량은 다시 이채를 머금었다.

그는 왕적을 힐끗 쳐다본 후에 연후를 돌아보며 무겁게 물었다.

"전 조항에 거부권을 행사한다는 것은 전쟁을 계속하겠다는 것과 다르지 않으니 가주께서는 다시 한번 숙고해 주시기 바라오."

"선전 포고는 저들이 했소. 되도 않은 조건을 내세운 것을 보면 전쟁을 그만둘 생각이 전혀 없는 것 같은데…… 나 역시 이 전쟁이 끝났다고 생각하지 않소."

그 순간 왕적이 언성을 높였다.

"부당하게 압수를 당한 재산을 돌려 달라는 것이 어째서 되도 않는 요구라 하시오!"

"죽이겠다고 먼저 칼을 휘두르며 달려들었다가 되레 맞아 죽을 것 같으니까 꽁무니를 뺐다가 뒤늦게 치료비를 달라…… 우습지 않소? 지금 당신이 딱 그 꼴인 것 같은데 말이오."

"……!"

한순간 말문이 막혀 버린 왕적의 얼굴이 붉게 달아올랐다.

딸그락.

연후는 앞에 놓여 있던 찻잔을 천천히 비웠다. 그러고는 눈빛을 매섭게 빛내며 말을 이었다.

"멋대로 쳐들어왔다가 서북이 무너지니 이제 와서 피해자라도 된 것처럼 중재 요청을 한 걸로도 모자라 손실을 보장하라니. 후후후. 당신이 뭔가 착각을 하고 있는 것 같아서 말하는데…… 난 휴전을 선포한 적이 없소. 또한 종전에 동의할 생각 역시 추호도 없소."

"그럴 마음이면 여긴 왜 왔소!"

"그거야 당신이 수작을 부려서 어쩔 수 없이 온 게 아니겠소."

"수작이라니! 말조심하지 못할까!"

쾅!

왕적이 분을 이기지 못하고 탁자를 강하게 내리쳤다. 찻잔이 날아가고 냉수를 담아 놓았던 물그릇이 여태량의 앞까지 날아가 박살 났다.

그러자 여태량이 바로 경고하고 나섰다.

"왕 단주께서는 그만 자중하시오. 여긴 집법원의 형전이오."

여태량은 연후를 돌아보며 말을 이었다.

"가주께서도 상대를 자극하는 말씀은 삼가셨으면 좋겠소. 또한 표현에 신중을 기해 주시기 바라오."

연후는 묵묵히 고개를 끄덕이며 남은 차를 마저 비우고는 찻잔을 들어 보였다.

그러자 집법원의 무사 하나가 재빨리 다가와 빈 찻잔에 차를 따랐다.

"어서 정리해라!"

여태량의 지시에 무사들이 왕적이 어질러 놓은 실내를 정리하는 동안 잠시 침묵이 흘렀다.

연후는 붉게 달아오른 얼굴을 하고 생각에 잠겨 있는 왕적을 응시하며 묵묵히 찻잔을 기울였다.

'아직까지 깨닫지 못한 모양이군. 나와 시선을 마주치면 자신도 모르게 흥분한다는 사실을……'

사실 연후는 왕적에게 심공을 펼쳐 왔었다. 그리고 왕적은 거기에 보기 좋게 걸려들었다.

이처럼 쉽게 흥분하는 것이 그 증거였다.

다행히 지금까지는 여태량이 눈치채지 못한 듯했지만, 여기서 더 나아가면 들킬 수도 있으니 이쯤에서 멈춰야 하겠지만 이 정도로도 효과는 충분했다.

'놈이 진짜 원하는 것이 무엇인지를 알아내야 하는데……'

왕적이 정말 원하는 것이 무엇인지 아직 확실치 않았다.

이것저것 요구 사항을 많이 늘어놓긴 했으나, 그것은 정말 원하는 것을 감추기 위한 연막일 터.

그것을 알아내야만 했다.

또한 서문회가 아직까지 나타나지 않았다는 점도 신경이 쓰였다.

만약 그가 왕적과 한패라면 모종의 의도를 가지고 지금껏 나타나지 않았을 가능성이 높았다.

땅땅땅!

"다시 시작하겠소."

잠시간 이어졌던 침묵을 깨고 여태량이 다시 시작을 알렸다.

여태량은 연후를 응시하며 말을 이었다.

"황금상단 쪽의 요구 조건을 살펴보았으니, 이번에는 북부의 요구 조건을 말씀하실 차례인 것 같소."

"그 문제를 논하기 전에 잠시 왕 단주와 단둘이서 대화를 나누고 싶은데…… 가능하겠소?"

"왕 단주가 동의하면 가능하오."

여태량이 왕적을 돌아봤다.

왕적은 즉답을 않았다.

그런 그를 연후가 자극했다.

[단둘이 있는 게 두려운 모양이지?]

팟!

왕적의 눈에서 불꽃이 일었다.

"동의하겠소!"

"하면 두 분을 별도의 공간으로 모시겠소. 다만 시간이 한 식경으로 제한됨을 미리 말씀드리는 바이외다. 여봐라, 두 분을 내실로 모셔라!"

무사들이 다가왔다.

연후는 자리에서 일어나 형전 뒤쪽의 복도로 향했다. 그 뒤를 왕적이 따랐다.

잠시 후, 연후는 왕적과 마주 앉았다.

어느 정도 심기를 회복한 걸까? 붉었던 왕적의 얼굴이 평소의 기름기가 좔좔 흐르는 기색으로 돌아와 있었다.

연후는 바로 본론으로 들어갔다.

"쓸데없는 소모전보다 서로 원하는 것이 무엇인지 까놓는 게 서로에게 득이 될 것 같은데……."

"흥! 아쉬우면 먼저 말을 해 보시든가."

"내가 아쉬워하는 것 같소?"

"나 역시 아쉬울 게 없는 사람이오!"

"과연 그럴까?"

"……!"

연후가 마치 모든 것을 알고 있다는 눈빛으로 쳐다보자 왕적은 내심 뜨끔했다.

연후는 차갑게 웃으며 말을 이었다.

"나를 독살할 음모를 꾸미고 있다는 것이 알려지면 어떻게 될까?"

"……!"

왕적은 하마터면 비명을 지를 뻔했다.

'이놈이 그것을 어떻게…….'

연후는 그런 왕적을 직시하며 느긋하게 말을 이었다.

"팔대가문의 가주를, 그것도 백야벌 내에서 독살을 저지르려 했다라……. 벌은 물론이고 당신과 손을 잡은 혈가를 제외한 나머지 가문에서 과연 이 문제를 좌시할 거라고 보시오?"

"지, 지금 무슨 얼토당토않은 얘기를 하는 것이오! 누가 독살을 꾸몄다는 것이오!"

"이런 식으로 나오면 증인을 데려올 수밖에."

"……!"

여기서 왕적은 지금껏 돌아오지 않고 있는 조카를 떠올렸다.

'설마 그놈이 이놈들의 손에…….'

왕적은 머릿속이 하얘지는 기분이었다.

이 불길한 생각이 맞아떨어진다면 연후의 말처럼 수습할 수 없는 상황에 처하게 될 것이다.

"설마 장로원주가 모든 것을 잃을 위험까지 감수하며 당신을 도울 거라고 생각하는 건가? 그렇게 생각한다면 어디 끝까지 한번 버텨 보든가."

"……!"

이 말이 흔들리는 왕적을 무너뜨리는 결정타가 되었다.

연후는 이쯤에서 말투를 부드럽게 바꿨다.

"난 당신을 죽일 생각이 없소. 또한 황금상단이 망하는 걸 바라지도 않소. 물론 당신이 내 뜻에 반하겠다면 생각은 달라지겠지만."

파르르…….

왕적은 눈빛을 떨었다.

어떻게든 발뺌을 한다면 일을 무마시킬 수 있을지도 몰랐다.

그러나 연후가 어디까지 알고 있으며, 어느 정도 증거를 확보했는지 알 수 없는 이상 그런 위험은 감수할 수 없었다.

그의 말대로 백야벌에서 팔대가주를 독살하려 했다는 것이 드러난다면, 황금상단 자체가 백야벌과 팔대가문에 의해서 지워질 수도 있으니까.

'일이 어쩌다가…….'

눈동자에서 시작된 떨림이 어느새 왕적의 전신으로까지 번졌다.

바르르…….

"……원하는 게 뭐요."

결국 꼬리를 내리는 왕적이었다.

* * *

연후가 먼저 형전으로 들어섰고, 그 뒤를 곧바로 왕적이 뒤따랐다.

그사이 도착해 있던 것인지 그 안에서 서문회가 기다리고 있었다.

서문회는 두 사람을 번갈아 쳐다보고는 특유의 부드러운 어조로 물었다.

"어찌, 대화는 잘 나누셨소?"

"예. 덕분에 좋게 마무리될 것 같습니다."

"오호! 그래요?"

서문회와 여태량이 동시에 눈빛을 발했다.

그들을 더 놀라게 한 것은 왕적이 자리에 앉기가 무섭게 꺼낸 말이었다.

"본 황금상단은 중재 요청을 철회하겠소."

"……왕 단주, 다시 말씀해 주시겠소?"

"중재 요청을 철회한다고 하였소이다."

"……!"

여태량이 이게 무슨 일이냐는 표정으로 연후와 왕적을 번갈아 응시했다.

서문회도 적잖이 놀란 기색이었다.

엄청난 뇌물까지 줘 가면서 난리법석을 떨어 댔던 왕적이 난데없이 중재 요청을 철회하겠다니.

왕적이 말을 이었다.

"대신 북부의 주군께 휴전을 요청하겠소."

"아니, 이게 대체……."

여태량은 아예 대놓고 당혹감을 드러냈다. 서문회도 당혹스럽기는 마찬가지였다.

연후는 당혹해하는 두 사람을 응시하며 담담히 입을 열었다.

"본 북부는 황금상단의 휴전 요청을 수락하겠소."

* * *

"당사자들끼리 합의를 하면 그 내용을 아부에게 알리지 않아도 된다는 것은 어떻게 아셨습니까?"

"오기 전에 송학에게 이것저것 물어봤다."

"아……."

"네가 가져온 정보 덕분에 일이 한결 수월하게 마무리되었다."

"원하시는 결과를 얻어 다행입니다, 주군."

거처로 향하는 연후의 발걸음은 한없이 가벼웠다. 그리

고 몸도 마음도 발걸음만큼이나 가벼웠다.

 사실 백야벌로 향할 때, 따로 세워 놓은 계획이 있었다.

 그런데 왕적이 독살을 꾸미고 있음을 알게 되면서 계획은 전면 수정되었다. 그리고 얻어 낸 결과는 기대 이상이었다.

 아니, 그 이상 좋을 수 없다는 게 정확한 표현이리라.

 '이렇게 되면 서북의 영토에서 황하수련을 쫓아낼 시간은 충분히 벌어 놓은 셈이군.'

 교역로의 확보.

 연후가 서북을 평정한 이후 가장 중요하게 생각한 것이 바로 그 부분이었다.

 이제 공식적으로 휴전 조약을 맺었으니 한동안 혈가와 황금상단의 공격은 걱정하지 않아도 되었다.

 조약을 어기면 벌의 철칙을 어기는 셈이니 혈가도 황금상단도 미치지 않고서야 병력을 움직이진 못할 것이다.

 철우가 물었다.

 "그자에게 뭘 요구하셨습니까?"

 "내려가면서 천천히 말해 주마. 하니 모두에게 바로 떠날 준비를 하라 전하도록 해."

 "알겠습니다."

 거처로 향하는 연후와 철우.

 그들의 뒷모습을 바라보는 눈동자들이 있었다. 장로원

주 서문회와 집법원주 여태량이었다.

"허어, 이것 참! 이런 경우를 두고 귀신에게 홀렸다고 하는가 봅니다. 부당하게 빼앗긴 재산을 돌려 달라던 왕 단주가 되려 피해 보상금으로 은자 일천만 냥을 내겠다니요."

"흠."

여전히 당혹스러워하는 여태량에 반해 서문회의 눈빛은 깊게 가라앉아 있었다.

그는 눈치채고 있었다.

왕적이 결코 자신의 의지로 휴전 조약을 체결하고 일천만 냥이라는 어마어마한 배상금을 물기로 한 것이 아니라는 걸.

'필시 큰 약점을 잡혔음이야. 아니면 그 간교한 왕적이 이럴 순 없다.'

조금 전에 왕적에게 넌지시 물었지만 그는 자신이 진정으로 원했던 것이 휴전 조약이며, 배상금을 무는 것은 침략자로서 마땅히 해야 할 일이라며 말하곤 서둘러 거처로 돌아갔다.

그 와중에 왕적은 자신이 직접 거금을 들여 준비했던 연회까지 취소했고, 온갖 귀한 재료를 들여 만든 요리 중 일부를 거처에서 먹겠다며 직접 챙겨 갔다.

'모든 것이 평소의 왕 단주가 아니었다. 성격이 급하고

탐욕이 심해도 사리분별과 판단력은 타의 추종을 불허하던 자가 그리 허둥대는 꼴이라니······.'

여태량의 목소리가 서문회의 상념을 깨트렸다.

"어떻게 보셨습니까?"

"뭘 말이오?"

"북부의 젊은 주군 말입니다. 원주께선 그를 어찌 보셨는지 참으로 궁금합니다."

서문회는 즉답을 않고 미간을 좁혔다. 그러고는 이내 입을 열었다.

"대단한 자임에는 틀림이 없으나 아직은 새끼호랑이에 불과한 것 같소. 추후 날개를 단다면 모를까, 그렇지 못하다면 아버지 이염의 전철을 밟게 될 것이오. 이 강호가 그리 호락호락한 곳이 아니지 않소. 후후후."

* * *

노을이 깔리기 시작한 저녁 무렵.

황태는 백야벌의 정문을 넘어섰다. 그가 들어오면서 혈가의 다른 한 명이 백야벌을 떠났다.

'엄청나군.'

하늘이 무너져도 눈 하나 깜박이지 않을 것만 같던 황태도 백야벌의 웅장한 위용 앞에서는 놀람을 감추지 못했다.

그런 황태의 앞으로 두 명의 청포인이 다가왔다.

백야벌에 상주하는 혈가의 사람들이었다.

이미 연락을 받은 그들은 황태를 향해 머리를 조아렸다.

"어서 오십시오, 전주님."

"어디가 귀빈각이지?"

"그건 왜……."

"하나하나 이유를 말해 줘야 하나?"

"……죄송합니다. 귀빈각은 저곳입니다."

황태는 청포인이 가리킨 곳을 향해 시선을 돌렸다. 그는 웅장하면서도 화려함을 뽐내는 귀빈각의 전경을 날카롭게 훑었다.

그러다가 안광을 싸늘히 번뜩인 것은 철혈가를 상징하는 깃발을 보았을 때였다.

한 곳의 거처마다 팔대가문을 상징하는 깃발을 걸어 놓는데, 지금은 일곱 개가 전부였다.

백야벌이 서북무림의 멸망을 공식적으로 인정하면서 벽력가의 깃발을 내린 것이다.

그렇다고 벽력가의 자리에 철혈가의 깃발이 걸려 있는 것은 아니었다.

연후를 두 세력의 주군으로 인정한다는 백야벌의 공식

뜻밖의 결말 〈23〉

입장이 아직까지 발표되지 않은 까닭이었다.

 "조촐하지만 연회를 준비했으니 어서 가시지요."

 황태는 청포인들의 안내를 받으며 혈가의 전각으로 향했다.

 가면서 그는 귀빈각 주변을 날카롭게 살폈다. 특히 철혈가의 거처 주변은 개미가 다니는 길목까지 놓치지 않겠다는 듯 집중적으로 살폈다.

 "북부와 황금상단의 중재 건과 관련한 재판이 내일 열린다고 했나?"

 "당초 그럴 예정이었는데, 어떤 이유에서인지 오늘 열렸다고 합니다."

 꿈틀.

 황태의 눈썹이 칼날처럼 휘어졌다.

 "열렸다, 라면…… 벌써 끝났다는 말이냐?"

 "예. 조금 전에 황금상단주 왕적이 호위들과 함께 벌을 떠나는 것을 확인했습니다."

 "이연후는."

 "그자가 떠나는 것은 아직 보지 못했습니다."

 "가능한 방법을 총동원해서 이연후가 이곳에 아직 머물고 있는지 확인부터 하도록. 확인이 되면 그 즉시 내게 알려야 할 것이다."

 "……예, 알겠습니다."

청포인 하나가 다른 곳으로 허겁지겁 뛰어갔다.

황태는 다른 청포인의 안내를 받으며 혈가의 거처로 들어갔다.

저마다 그를 보면 머리를 조아렸지만 황태의 머릿속은 온통 연후에 대한 생각뿐이었다.

'설마 놈도 벌써 벌을 떠난 건 아니겠지.'

황태는 초조했다.

만약 연후가 벌써 벌을 떠났다면 계획은 수포로 돌아가게 된다.

'다들 내일로 예상하고 방심하고 있을 텐데……'

밖에서 대기하고 있는 수하들도 일정이 오늘로 바뀐 것을 모른다. 이런 상황에서 연후가 은밀히 벌을 빠져나간다면 포착은 거의 불가능할 터였다.

황태는 안내받은 방으로 들어가 냉수부터 한 그릇 비우고는 연후의 행방을 알아내기 위해 나선 청포인이 돌아오기만을 기다렸다.

그렇게 한 식경쯤 흘렀을까?

"전주님."

청포인이 돌아왔다.

황태의 얼굴이 무참히 일그러진 것은 청포인의 뒷말을 들었을 때였다.

"이연후도 벌써 벌을 떠났다고 합니다."

　　　　　* 　* 　*

이연후가 백야벌을 떠났음. 즉시 뒤를 쫓아…… 後略.

와락!
전서가 우악스럽게 구겨졌다.
장한의 얼굴도 무참히 일그러졌다.
"빌어먹을! 내일이라던 일정이 왜 갑자기 오늘로 바뀐 거야!"
"무슨 일입니까?"
"일정이 바뀌는 바람에 이연후가 벌써 벌을 떠나 버렸다는군. 일이 꼬여도 제대로 꼬여 버렸어. 빌어먹을!"
쾅!
신경질적으로 땅을 발로 구른 장한이 주변을 향해 소리쳤다.
"놈의 행적을 쫓으라는 전주님의 명령이니 다들 서둘러라!"
"전주님은 합류하지 않으십니까?"
"우리더러 먼저 쫓고 있으면 뒤를 쫓아오신다고 하네. 그나저나 놈이 철혈가로 갈지, 벽력가로 갈지 알 수가 없으니……."

"저희가 벽력가로 향하는 길을 쫓겠습니다."

"좋다! 흔적을 발견하면 즉시 전서구를 통해 연락을 취하도록 하고, 누구 한 명은 이곳에 남아 전주님을 모셔라!"

"예!"

모여 있던 자들이 두 무리로 갈라져 빠르게 흩어졌다. 그리고 청포인 하나는 황태를 기다리기 위해 홀로 남았다.

"소수로 움직이는 놈들을 어떻게 잡겠다고……."

청포인은 심드렁한 표정으로 나무에 등을 기대며 비스듬히 앉았다.

"그러게."

"……!"

반쯤 몸을 뉘였던 청포인이 벼락같이 몸을 일으키며 검을 뽑으려 했다. 하지만 검은 결코 뽑히지 않았다.

퍽!

한 자루 검이 청포인의 가슴을 등 뒤에서부터 꿰뚫었다. 정확하게 심장이 있는 쪽이었다.

외마디 비명조차 지르지 못하고 꼬꾸라지는 청포인의 뒤에서 철우가 모습을 드러냈다.

그 뒤에 연후와 일행들이 있었다.

"시신을 잘 치워라."

"예."

시신을 치우는 건 서백과 조영의 몫이었다.

둘이 시신을 끌고 숲으로 들어가는 것을 지켜본 동방리가 연후를 돌아보며 물었다.

"다른 방향으로 가실 건가요?"

"우리가 놈들의 뒤를 쫓는 셈이니 어느 방향이든 상관없지 않겠소."

"그렇긴 하네요. 그나저나 황금상단 쪽에서 풀어 놓은 살수들은 걱정하지 않아도 될까요?"

"지금쯤이면 벌써 철수 명령이 떨어졌을 테니 놈들은 걱정할 거 없소."

"왕적은 믿을 자가 못되는데……."

"이번만큼은 믿어도 될 거요."

마침 서백과 조영이 돌아왔다. 빨리도 처리를 한 모양이었다.

연후는 먼저 돌아섰다.

"그만 가지."

조영이 두 눈이 휘둥그레지며 물었다.

"저 새끼들은 그냥 놔둡니까? 쫓아가서 모조리 때려잡아야 하는 거 아닙니까?"

"돌아가는 길에 무슨 일이 벌어질지 모르니 내 명령 없이는 쓸데없는 일에 힘을 빼는 일은 없도록 한다."

"……예."

연후는 먼저 걸었다.

하늘을 올려다보니 좀처럼 보기 드문 창천(蒼天)이 펼쳐져 있었다.

창천을 떠다니는 구름도 유난히 희고 고왔다.

'기분이 좋으니 별게 다 아름다워 보이는군.'

햇살을 받아 하얗게 빛나는 연후의 얼굴 위로 한 줄기 미소가 흐릿하게 떠올랐다.

'이렇게까지 큰 기대는 하지 않았는데…….'

예상보다 일이 잘 풀렸다.

생각지도 못한 것도 얻어 냈다.

오늘따라 세상이 더 아름다워 보이는 이유였다.

* * *

중원 남부.

폭이 백여 장에 달하는 강 위에서 피비린내 나는 혈전이 벌어지고 있었다.

까가강!

콰콰콱!

"크악!"

"으아악!"

죽은 자들이 추락하며 쏟아 낸 피로 인해 강물은 이내 붉게 물들어 갔고, 여러 척의 배가 뿜어낸 연기는 태양마저 가려 버렸다.

"한 놈도 살려서 보내지 마라!"

"검가의 잡종 새끼들! 모조리 찢어발겨!"

"크아악!"

"으아악!"

서로를 죽고 죽이는 혈전을 벌이는 자들은 바로 검가와 황하수련이었다.

혈전이 벌어지고 있는 강 뒤쪽은 황하수련의 거점 중 한 곳이었고, 그곳에서도 처절한 단말마가 끊임없이 터져 나오고 있었다.

검가는 잔혹했다.

황하수련은 맹수처럼 사나웠다.

하지만 전황은 서서히 검가 쪽으로 기울어 가고 있었다.

안방에서, 그것도 수적인 우세까지 안고 있는 황하수련이었지만 검가의 강력함은 상상을 초월했다. 머릿수는 많았지만 고수의 숫자에서 부족했던 것이 절대적인 패인으로 작용하고 있었다.

물론 검가의 피해도 결코 만만치 않았다.

황하수련은 물러섬을 모르는 맹수 같은 자들이었고, 두 명으로 안 되면 세 명이 달려드는 방식으로 맹렬히 저항

하며 반전을 모색했다.

"지독한 놈들."

한 검가의 고수가 치를 떨었다.

그런 그의 백포는 본래의 색을 잃어버린 채 혈포로 변해 있었고, 어깨와 가슴 곳곳에서는 피가 흘러내렸다.

"뒤쪽을 보십시오!"

수하의 외침에 백포인의 고개가 반사적으로 뒤를 향해 돌아갔다.

다섯 척의 배가 빠르게 다가오고 있었다.

바람에 펄럭이는 거대한 깃발은 틀림없는 황하수련이었다.

파르르…….

'더 빨리 끝장을 봤어야 했는데…….'

백포인은 눈빛을 떨었다.

배의 규모로 보아 최소 이백여 명은 될 만한 병력이었다.

"북쪽에서도 적들이 몰려오고 있습니다!"

또 다른 외침에 백포인의 고개가 서쪽을 향해 돌아갔다.

역시 그곳에서도 백여 명에 달하는 자들이 갈대밭을 헤치며 빠르게 달려오고 있었다.

"이대로 더 지체하면 포위를 당할 수밖에 없습니다! 속히 결단을 내려 주십시오!"

주변에 있던 검가의 고수들이 일제히 백포인을 바라봤다.

파악!

백포인은 입술을 깨물며 주변을 살폈다. 적들이 삼면에서 몰려드니 퇴각을 한다면 이동할 수 있는 곳은 남쪽밖에 없었다.

'퇴각을 해도 북쪽으로 해야 하는데…….'

남쪽으로 물러가면 이후를 장담할 수 없게 된다. 이곳에서부터 꽤 먼 남쪽까지 황하수련이 직접적으로 영향력을 행사하는 지역이기 때문이다.

그에 반해 북쪽은 멀지 않은 곳에서부터 서북무림의 권역이 시작된다. 이제는 북부의 영토가 된 그곳으로 물러가는 것이 가장 안전한 선택이 될 터였다.

하지만 북쪽으로 향하는 길목은 다섯 척의 배와 백여 명에 달하는 적들로 인해 완벽하게 차단을 당한 상태였다.

"……남쪽으로 퇴각한다!"

삐이익! 삐이익!

백포인이 결정을 내리자 호각성이 울렸고, 호각성이 울리자 사방에서 황하수련과 치열하게 싸우던 검가의 고수들이 일제히 뒤로 빠지기 시작했다.

"당주님! 어서 가십시오!"
"뒤는 저희들이 맡겠습니다!"
백포인은 남쪽으로 몸을 날렸다.
그 와중에 그를 막아섰던 황하수련의 고수 두 명이 반쪽이 되어 날아가는 참혹한 죽음을 맞았다.
"크악!"
"으아악!"
미처 퇴각하지 못한 검가의 고수 몇 명도 이리 떼처럼 달려든 황하수련의 공격을 피하지 못하고 피를 뿌리며 쓰러졌다.
"군사께서 오셨다!"
"검가 놈들이 도주한다! 쫓아라!"
그야말로 순식간에 전세가 바뀌어 버린 전장을 차가운 눈으로 바라보는 자가 있었다.
황하수련의 군사 가회였다.
얼음장처럼 차갑게 내려앉은 그의 두 눈은 남쪽으로 빠져나가는 백포인과 검가의 고수들을 쫓아 이리저리 흔들렸다.
"북쪽을 차단하고 나오기를 잘했습니다. 놈들이 제 발로 본 련의 권역으로 뛰어들고 있습니다! 하하하!"
"개자식들! 이제 모조리 모가지를 딸 일만 남았습니다!"

가회의 측근들이 기분 좋게 웃어 댔다.

하지만 가회의 표정은 조금의 변화도 없었다. 그는 대소를 터트리는 자들을 힐끗 쳐다보고는 뒤를 향해 지시를 내렸다.

"저기 저 백포인은 어떤 희생을 치르더라도 반드시 사로잡아야 한다. 가라."

"예."

선미 쪽에서 몇 명의 흑포인들이 강물 위로 뛰어내렸다. 뒤이어 물 위를 평지처럼 달리더니 순식간에 모두의 시야에서 사라졌다.

"오호!"

"역시!"

곳곳에서 경탄성이 터졌다.

가회가 그들을 향해 싸늘히 명령을 내렸다.

"뭣들 하느냐. 적을 쫓지 않고."

"예!"

"옙!"

선상에 있던 자들이 일제히 강 위로 뛰어내렸다. 가회의 곁에 남은 자는 오직 흑포인 한 명이 전부였다.

가회는 시야에서 사라져 가는 검가의 백포인을 응시하며 안광을 번뜩였다.

"신분을 드러낸 채 공격을 했다는 것은 그만큼 본 련을 우습게 봤다는 것. 곧 오만했던 너 자신을 후회하며 피눈물을 흘리게 될 것이다, 북궁패."

* * *

귀환길이 이처럼 편할 수가 없었다.

혈가의 고수들을 앞에 두고 뒤를 쫓아가는 형국이니 굳이 흔적을 감추려 애를 쓰지 않아도 되었다.

하지만 조영은 아쉬웠다.

연후와 함께 있을 때, 그동안 갈고닦은 실력을 뽐내고 싶었건만 그를 방해하는 것은 간간이 출몰하는 산짐승이 전부였다.

'이렇게 끝나면 너무 아쉬운데…….'

조영은 입맛을 다시며 물주머니를 꺼내어 목을 축였다.

서백이 조영의 어깨에 손을 얹으며 씩 웃었다.

"표정이 어째 좀 그러네요?"

"내 표정이 어때서요?"

"칼싸움을 못해 안달이 난 것 같은데……."

"크흠. 관심법도 익혔소?"

부인하지 않는 조영이었다. 그는 앞서 걸어가는 연후의 뒷모습을 힐끗 쳐다보고는 코끝을 실룩거렸다.

둘의 대화를 듣지 못했을 연후와 철우가 아니건만 둘은 별말이 없었다.

그렇게 얼마를 더 이동했을까?

"큰불이 났나 봐요."

동방리가 전방의 하늘을 가리키며 눈을 살짝 치떴다. 모두의 시선이 자연스럽게 하늘을 향했다.

과연 하늘에 시커먼 연기가 가득했다.

"큰 싸움이 벌어진 모양이군."

아무렇지 않게 중얼거린 연후의 한마디에 모두는 청력을 최대치로 끌어올렸다.

하지만 그들의 귓속에는 아무런 소리도 잡히지가 않았다.

오십 장쯤 더 이동했을까?

"싸움이 벌어진 게 맞는 것 같습니다."

철우도 싸우는 소리를 들었다.

그다음 서백, 조영, 동방리 순서로 그 소리를 들을 수 있었다.

다만 서백과 조영은 거의 엇비슷하게 소리를 들었는데, 이는 둘의 공력이 비슷하다는 것을 의미했다.

그에 조영을 서백을 돌아보며 두 눈을 휘둥그레 치떴다.

'뭐야, 이 정도였어? 실전에서의 능력치는 몰라도 공력만큼은 내가 더 나은 줄 알았는데…….'

어려서부터 숱한 영약과 영단을 복용한 자신의 공력이 서백과 비슷할 줄은 몰랐던 조영이었다.

"혈가 쪽 사람들이 누군가와 싸우고 있는 걸까요?"

동방리의 그 말에 연후는 고개를 저었다.

"연기의 정도로 보아 더 큰 규모의 싸움이 벌어진 것 같소."

철우가 말하고 나섰다.

"멀지 않은 곳에 큰 강이 있습니다. 혹시 검가와 황하수련이 싸우고 있는 건지도 모르겠습니다."

연후는 묵묵히 고개를 끄덕였다. 그 역시도 같은 생각을 하고 있었다.

"내 명령 없이 개입은 불허한다."

"예."

"옙!"

모두에게 주의를 준 연후는 진로를 좌측 숲으로 바꿨다.

그렇게 얼마나 이동했을까?

전방 멀지 않는 곳에서 금속성과 함께 처절한 단말마가 터졌다.

까가강!

"크악!"

"으악!"

연후는 손을 들어 모두를 멈추게 했다.

뜻밖의 결말 〈37〉

철우가 나섰다.

"제가 가서 살펴보고 오겠습니다."

팟!

땅을 박차고 오른 철우는 몸을 숨기지 않고 숲 위쪽으로 뛰어올라서는 곧장 전방을 향해 화살처럼 날아갔다.

'연기가 깔려 있는 곳은 여기서 거리가 꽤 멀었다. 그렇다면 우리를 쫓아 나선 혈가가 누군가와 충돌을 했다는 건데…….'

비명이 터진 곳은 매우 가까운 곳이었다.

그렇다면 앞서 움직이고 있는 혈가의 고수들이 누군가와 충돌한 것이 틀림없었다.

생각을 정리한 연후는 동방리를 돌아봤다.

'역시 내면이 강한 여자군.'

그녀는 조금도 긴장한 기색이 없어 보였다.

하긴, 홀로 세가를 꾸려 나가며 숱한 위기를 넘겨 온 그녀이니 이런 상황에서 긴장할 리는 없을 터였다.

그다음 연후는 조영을 돌아봤다.

그러고는 피식 웃었다.

조영은 아주 이런 상황을 기다리기라도 했다는 듯 검을 살짝 뽑아 놓은 채 전방을 뚫어져라 주시하고 있었다.

휘리릭!

철우가 돌아왔다.

"검가와 혈가가 충돌했습니다. 한데 황하수련으로 추정되는 놈들이 검가를 쫓아오고 있었습니다."

이로써 그림은 명확해졌다.

황하수련과 충돌했던 검가의 병력이 퇴각을 하다가 자신들을 쫓아 북상하던 혈가와 맞닥뜨린 것이리라.

"검가를 도와야 하지 않겠습니까?"

"물론이다. 모두 죽립을 써라."

"예."

"옙!"

스스슥!

그들 모두 머리 뒤로 넘겨 놓았던 죽립을 썼다.

죽립은 조영이 백야벌을 나서기가 무섭게 좌판에서 사 놓은 것이었다.

서백이 조영에게 물었다.

"이런 상황에 대비해서 산 겁니까?"

"물론이오."

"정말이우?"

"……사실 햇빛을 가리려고 샀소. 나 혼자 쓰기가 그래서 다 산 것인데 이렇게 쓰일 줄이야. 흐흐흐."

조영이 실토를 하며 씩 웃자 서백도 씩 웃었다.

연후는 모두를 향해 주의를 주었다.

"검가를 돕는다. 단, 내가 신호를 줄 때까지 먼저 나서지 말도록."

"예."

"옙!"

연후는 먼저 숲으로 뛰어들었다.

철우는 항상 그랬듯 보이지 않는 공간으로 사라졌고, 서백은 숲 위쪽으로 훌쩍 뛰어올랐다. 시야가 넓어야 궁술의 위력이 배가되기 때문이었다.

동방리와 조영은 연후의 뒤를 따라 움직였다.

* * *

검가의 백포인, 북궁패는 당혹스러웠다.

황하수련의 추격권에서 벗어나는가 싶었는데 난데없이 앞을 가로막으며 나타난 자들과의 충돌로 인해 피해가 발생했다.

짧은 시간에 다섯이 죽었다.

물론 더 많은 상대를 죽였지만 쫓기는 입장인 북궁패로서는 가슴이 쓰라릴 수밖에 없었다.

번쩍!

한 줄기 섬뜩한 기운과 더불어 한 자루 검이 북궁패의 허리를 노리고 날아들었다.

하지만 채 근접하기도 전에 검가의 고수가 북궁패를 노

리고 달려들던 자의 머리를 날려 버렸다.

퍽!

"크악!"

"황하수련이 코앞까지 다가왔습니다! 속히 이곳을 벗어나셔야 합니다!"

"뒤는 저희들이 맡겠습니다! 하니 속히 빠져나가십시오!"

북궁패는 결코 혼자 빠져나갈 수 없었다. 십 년 동안 자신을 믿고 함께해 온 수하들이었다.

"다들 나를 따라오너라!"

팟!

북궁패가 움직이자 잔영이 꼬리를 물며 늘어졌다.

절대 고수의 전유물이라는 이형환위가 펼쳐지자 그를 노리고 달려들던 자들이 기겁을 하며 뒤로 물러섰다. 하지만 북궁패의 검이 더 빨랐다.

퍼퍽!

"크악!"

검가의 고수들도 다시 공격을 퍼부었다.

까가강!

콰지직!

"크악!"

"으악!"

피를 뿌리며 쓰러지는 청포인들.

하지만 검가의 고수 두 명도 목과 육신이 분리되는 참혹한 죽음을 맞았다.

"놈들이 살수공을 펼치고 있다! 다들 숲에서 떨어져 이동해라!"

북궁패가 선두로 나서면서 퇴로가 뚫리자 검가의 고수들은 빠르게 장내를 빠져나갔다.

한편 흔들리는 숲속에서 북궁패를 응시하는 한 청포인의 얼굴은 당혹감으로 물들었다.

'북궁패…… 저자가 왜 이곳에…….'

청포인은 연후를 쫓아 북쪽으로 향하던 혈가의 살수들 중 한 명이었다.

아직 합류하지 않은 황태를 대신하여 무리를 이끌고 있었는데, 난데없이 자신들을 향해 달려드는 자들과 충돌하면서 열 명 가까운 수하들이 목숨을 잃는 극심한 피해를 입었다.

처음엔 북부의 고수들인 줄로만 알았다.

하지만 북궁패를 발견하고 양측이 서로 의도치 않았던 충돌임을 깨달았지만 이미 때는 늦어 버린 뒤였다.

"크악!"

또 한 명의 수하가 북궁패의 검에 의해 두 동강이 나 버렸다. 청포인의 눈에서 살광이 터졌다.

'북궁패, 이놈…….'

그는 북궁패를 향해 접근을 시도했다.

북궁패가 아무리 고수라도 빈틈은 있기 마련. 청포인은 그 빈틈을 이용해 북궁패라는 거물을 무너뜨릴 생각이었다.

다행히 북궁패는 자신이 있는 곳은 신경조차 쓰지 않고 있었다. 이렇게 이 장만 더 접근하면 완벽한 기회를 잡게 될 터였다.

한데 그때였다.

"……!"

청포인은 난데없이 뒤쪽에서 느껴지는 싸늘한 기운에 몸을 팽이처럼 회전하며 수중의 검을 그대로 휘둘렀다.

퍼퍽!

손끝을 타고 흘러드는 육중한 타격감.

청포인의 얼굴이 일그러진 것은 자신의 검이 나무에 박힌 것을 보았을 때였다.

서걱!

"……!"

청포인은 목에서부터 올라온 따끔한 느낌에 좌수를 들어 목을 어루만졌다. 동시에 온몸에서 힘이 쫙 빠져나가는 느낌과 함께 세상이 빙글빙글 돌더니 이내 시야가 검게 물들었다.

콱!

청포인의 잘린 머리를 밟으며 모습을 드러내는 자가 있

었다. 가회가 북궁패를 사로잡으라고 보낸 흑포인들 중 한 명이었다.

그는 처참하게 죽은 청포인을 내려다보며 안광을 번뜩였다.

"이것들은 뭐야."

그런 흑포인을 향해 혈가의 고수 두 명이 달려들었다. 하지만 또 다른 흑포인들이 나타나면서 둘의 공격은 수포로 돌아갔고, 둘은 빠르게 숲속으로 사라졌다.

"특이한 살수공을 쓰는 놈들입니다. 한데 이놈들이 왜 검가와 충돌했을까요?"

"지금 그걸 따질 때가 아니다. 북궁패가 백야벌의 권역으로 들어서기 전에 끝장을 봐야 한다. 움직여라."

"예!"

사사삭!

유령처럼 사라지는 흑포인들.

그 뒤를 쫓아 황하수련의 고수들이 들이닥쳤고, 검가와 얽혔던 혈가의 고수들은 이도저도 하지 못할 상황에 처하자 일제히 숲속으로 자취를 감췄다.

* * *

쐐애액!

퍼퍼퍽!

날아드는 암기들.

북궁패와 검가의 고수들은 호신강기를 이용해 암기를 막아 내면서 남쪽을 향해 최대 속도로 내달렸다.

하지만 숲이 워낙에 촘촘한 데다 지형까지 험해서 속도는 제 속도를 다 낼 수는 없었다.

북궁패는 뒤를 돌아봤다.

수십 명에 달하는 황하수련의 고수들이 벌써 이십 장거리 안쪽까지 쫓아오고 있었다.

'놈들을 너무 쉽게 생각했다.'

북궁패는 자신의 오판을 자책했다.

상대가 지원을 올 거라는 생각을 망각한 채 너무 깊숙이 들어가 공격을 하는 바람에 위기에 처한 것이다. 모든 것은 지나친 자신감에서 비롯된 것이었다.

"으악!"

뒤쪽에서 비명이 터졌다.

돌아보니 수하 한 명이 피를 뿌리며 쓰러지고 있었다. 북궁패의 두 눈은 숲 너머에서 번뜩이는 섬뜩한 광채를 좇아 움직였다.

찰나의 순간.

북궁패는 칠흑처럼 검은 흑포에 뱀의 눈을 한 자를 볼 수 있었다. 그런 자가 네 명이 더 있었다.

뜻밖의 결말 〈45〉

그중 하나가 자신을 쳐다보며 싸늘히 웃고 있자, 북궁패는 이 위기가 결코 쉽게 넘어갈 상황이 아님을 직감했다.

'이상한 놈들이 따라붙었다!'

그때였다.

"전방에 적입니다!"

"……!"

수하의 외침에 북궁패의 시선은 반사적으로 전방을 향해 돌아갔다.

숲을 헤치며 뛰어오는 자들이 있었다.

대략 서른 명 정도. 하나같이 험악한 기운에 온갖 무기로 중무장을 한 황하수련의 고수들이었다.

'여기서 지체하면 꼼짝없이 갇히고 만다.'

꽈악!

북궁패는 어금니를 악물며 검을 쥔 두 손에 공력을 끌어 담았다.

"그대로 돌파한다!"

"예!"

북궁패의 검이 청광을 뿜었다.

뒤를 이어 검가의 고수들도 일제히 전방을 막으며 나타난 황하수련의 고수들을 향해 저돌적으로 밀고 들어갔다.

콰지직!

"크아악!"

"컥!"

북궁패은 강했다. 그와 함께하는 검가의 고수들 역시 강했다.

하지만 상대도 결코 만만치 않았다.

다섯을 죽였지만 둘을 잃었다.

그리고 속도가 확 줄면서 뒤를 쫓아오던 자들에게 결국 추격을 허용하고 말았다.

파르르…….

흔들리는 북궁패의 두 눈에 절망의 빛이 내려앉았다.

그때였다.

한 줄기 무심한 음성이 북궁패의 귓속으로 흘러들었다.

[우측으로 방향을 바꾸시오.]

2장
이상한 눈빛을 지닌 자

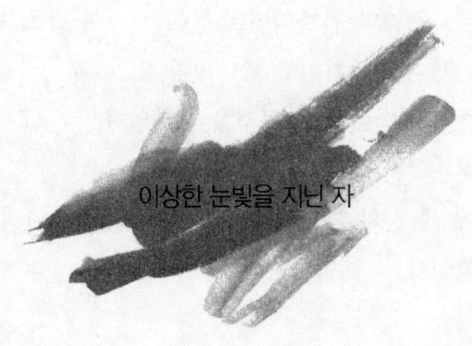

이상한 눈빛을 지닌 자

'검가와 혈가에 황하수련까지라……'

상황이 매우 복잡했다.

하지만 눈앞에 펼쳐진 상황은 연후가 예상했던 대로였다.

황하수련과 싸우다가 퇴각을 한 검가가 혈가와 충돌하면서 혼란이 빚어진 것이다.

황하수련은 여전히 검가를 쫓고 있었지만 혈가는 사라지고 없었다.

우우웅.

연후는 혈마번을 꺼냈다.

상대가 황하수련이면 손속에 사정을 둘 이유가 없었다.

연후는 북궁패와 검가의 고수들이 우측의 암벽 지대로 최대한 가까이 접근하기를 기다렸다.

그 와중에 서백이 먼저 공격을 퍼부었다.

쐐애액!

한 번에 세 발의 화살이 시위를 떠나 황하수련의 고수들을 꿰뚫었다.

퍼퍼퍽!

"크악!"

"으아악!"

"컥!"

"적이다! 전방에 적이 매복하고 있다!"

쐐애액!

퍽!

또 한 발의 화살이 동료의 머리를 꿰뚫자 검가를 쫓던 황하수련의 고수들은 크게 당황했다.

지금 이곳에 고작 화살 따위에 당할 만큼 약한 동료는 아무도 없었다. 하지만 눈 깜박할 사이에 네 명이 피를 쏟으며 꼬꾸라진 것이다.

"호신강기를 이용해라!"

"숲을 이용해라!"

황하수련의 고수들이 일제히 숲으로 뛰어들었다.

하지만 그러지 않은 자들이 더 많았다. 제아무리 궁술

의 고수가 매복을 하고 있더라도 화살 정도는 막아 낼 자신이 있는 자들이었다.

번쩍!

한 줄기 광채가 허공을 갈랐다.

자신을 향하 날아드는 화살을 본 한 황하수련의 고수가 콧방귀를 끼며 수중의 검을 휘둘렀다.

퍽!

"크아악!"

검을 휘두른 황하수련의 고수가 비명을 지르며 두 손으로 얼굴을 감싸며 휘청거렸다.

그런 그의 두 손 사이로 피가 콸콸 흘러내렸다. 화살촉이 부서지면서 파편이 얼굴을 덮친 것이다.

그 모습을 본 서백이 씩 웃었다.

"순진한 새끼."

"서백! 저들을 뒤쪽 협곡으로 안내해라."

"옙!"

서백은 지키고 섰던 나무에서 훌쩍 뛰어내려 북궁패와 검가의 고수들을 향해 몸을 날렸다. 그를 발견한 북궁패가 공격 자세를 취했다.

"북부에서 왔습니다. 당신들을 돕기 위해 왔으니 저를 따라오시죠."

"……!"

"자세히 설명할 여유가 없으니 일단 따라오세요."

서백이 먼저 숲으로 뛰어들었다.

잠시 망설이던 북궁패는 수하들을 돌아보며 눈짓을 보냈다. 그러고는 이내 서백의 뒤를 쫓아 몸을 날렸다.

한편 연후는 북궁패와 뒤를 쫓는 황하수련의 거리를 계산하며 혈마번에 공력을 담았다.

우우웅.

혈마전이 빳빳하게 펴지면서 하나의 거대한 칼날처럼 변해 갔다.

연후는 혈마번을 모로 눕혔다.

살상력을 최대치로 높이기 위함이었다.

그때 북궁패와 검가의 고수들이 서백의 뒤를 쫓아 협곡으로 이어지는 숲으로 뛰어들었다.

동시에 혈마번이 연후의 손을 떠났다.

위이잉!

슈아악!

"헉! 저, 저게 뭐냐!"

"피해라!"

파파팟!

혈마번이 지나간 곳에 잘린 수풀이 마구 솟구쳐 올랐다. 그 가공할 기세에 황하수련의 고수들이 황급히 몸을 피했다.
 하지만 혈마번은 눈으로 보는 것보다 훨씬 더 빨랐다.
 퍼퍼퍼퍼퍽!
 "크악!"
 "끄아악!"
 미처 피하지 못한 황하수련의 고수들이 피떡이 되어 날아갔다. 가공할 위력을 발휘한 혈마번은 연후에게 돌아가기 전에 한 번 더 방향을 틀었다.
 위이잉!
 "피해라!"
 "모두 뒤쪽으로 빠져라!"
 한 번 당한 황하수련의 고수들이 재빨리 뒤로 물러섰다. 그중 일부는 좌우측 숲으로 뛰어들었다가 숲을 타고 전장을 빠져나가던 혈가의 고수들과 맞닥뜨렸다.
 퍼퍽!
 "크악!"
 "으아악!"
 좌우측 숲에서 비명이 터지자 황하수련의 고수들은 더 이상 북궁패등을 쫓을 엄두를 내지 못했다.
 숲속에도 복병이 있다고 여긴 것이다.
 상황을 지켜보던 연후는 숲을 타고 빠르게 빠져나가는 혈가의 고수들을 바라봤다.

'더는 쫓아오지 못하겠군.'

마음 같아서는 쫓아가서 모조리 죽여 놓고 싶었지만 지금은 검가의 고수들을 구하는 것이 우선이었다.

연후는 그대로 아래로 뛰어내렸다.

그러고는 엉거주춤한 자세로 자신을 쳐다보는 황하수련의 고수들을 향해 손을 뻗었다.

슈아악!

혈마번이 그들의 머리 위를 날아와 연후의 손에 쥐어졌다.

척!

연후는 혈마번에 놀라서 자라목이 되어 버린 황하수련의 고수들을 향해 한마디 날렸다.

"이쯤에서 꺼져. 계속하겠다고 달려들면……."

우우웅!

혈마번이 다시 강기를 머금어 가자 황하수련의 고수들이 흠칫하며 뒤로 물러섰다.

"조만간 또 보게 될 거다."

팡!

연후는 곧장 숲으로 몸을 날렸다.

누군가 사라지는 연후를 향해 부르짖었다.

"빌어먹을! 세상에 저런 고수가 있었다니……."

누구도 감히 뒤를 쫓을 생각을 하지 못한 채 망설일

때, 가회가 장내로 뛰어내렸다.

그는 참혹한 주변의 광경을 살피며 모여 있는 수하들에게로 다가왔다.

"왜 추격을 중단한 것이냐!"

"저희가 감히 감당할 수 없는 고수가 나타났습니다."

"뭐라?"

역팔자로 휘어지는 가회의 눈썹이었다.

"……단 두 번의 공격에 동료 열 명이 아무것도 해 보지 못하고 동강이 나고 말았습니다."

"그래서 죽음이 두려워 내 명령을 거역했단 말이로군."

"그게 아니…… 크악!"

보고를 하던 청포인 뒤통수로 가회의 우수가 튀어나왔다.

털썩!

가회는 피와 뇌수가 뚝뚝 떨어지는 손을 들어 수하들을 가리키며 싸늘히 물었다.

"놈들은 어디로 갔느냐?"

"저, 저쪽으로 사라졌습니다!"

"모두 뒤를 쫓는다."

"예!"

파파팟!

추격이 다시 시작되었다.

가회는 수하들이 뛰어든 숲을 응시하다가 주변을 살폈다.
주변은 지옥도, 그 자체였다.
'단 두 번의 공격에 열 명이 죽어 버렸다고?'
믿을 수가 없었다.
지금 이곳에 와 있는 수하들은 비록 최고의 정예는 아니더라도 황하수련에서 상위에 드는 무사들이었다. 그런 수하들이 두 번의 공격에 열 명이 목숨을 잃었다는 것은 상대가 천하고수임을 의미하는 것이었다.
'대체 누가 검가를 돕고 있단 말인가.'
휘이잉!
거센 바람이 가회의 얼굴을 사납게 할퀴고 지나갔다.
'녀석들이 위험하다.'
가회는 북궁패를 사로잡으라고 보낸 흑포인들을 떠올리며 수하들이 뛰어든 숲을 향했다.
그런 그의 뒤로 수백에 달하는 황하수련의 고수들이 들소 떼처럼 달려오고 있었다.

* * *

전장에서 조금 비껴 난 숲길.
그곳을 따라 북상하던 황태는 돌연 전방에서 비명과 싸우는 소리가 터지자 재빨리 숲 위쪽으로 뛰어올랐다.

그곳에서 전방을 살핀 황태의 미간이 일거에 일그러졌다.

누군지도, 어딘지도 모를 자들 사이에 쫓고 쫓기는 추격전이 벌어지고 있었다. 그런데 그 한복판에 자신의 수하들도 있었다.

대략 열 명 정도였다.

그들은 전장을 빠져나와 숲을 타고 서쪽으로 향하는 중이었다. 그러니까 수하들은 싸움의 주체가 아니라 싸움을 피해 전장을 빠져나가고 있었다.

'멍청한 놈들.'

황태는 한눈에 모든 상황을 짐작했다.

수하들이 연후를 쫓으며 북상하다가 추격전을 벌이고 있는 두 세력의 싸움에 휘말렸다는 것을.

그 와중에 절반에 가까운 수하들이 죽었다는 것까지 추측할 수 있었던 것은 당장 눈에 보이는 수하들의 수가 열 명 남짓했기 때문이었다.

"추격을 할 때 병력을 둘로 나눴다고 하였느냐?"

"예. 나머지 절반은 벽력가가 있는 서북 방향으로 쫓아갔습니다."

황태의 눈가가 살짝 뒤틀렸다.

'열 명이나 죽어 버렸다니……. 가륵, 그 교활한 놈에게 나를 공격할 빌미로 충분하겠군.'

황태는 따로 부리는 직속 수하들이 없었다. 지금 그와

함께 연후를 쫓아 움직이는 자들은 모두 가륵이 부리는 장로원 소속의 병력들이었다.

해서 열 명이 죽었다고 딱히 안타깝거나 분노가 치밀지는 않았다. 다만 자신을 눈엣가시로 여기는 가륵에게 공격을 할 빌미를 제공했다는 점이 거슬릴 뿐이었다.

"전주님! 누가 다가옵니다!"

황태는 수하가 가리킨 곳을 돌아봤다.

누군가 숲을 헤치며 빠르게 움직이고 있었다. 그런데 그 방향이 그가 올라서 있는 거목의 아래쪽이었다.

'저놈을 통해 어떻게 된 일인지 알아보면 되겠군.'

스슥!

가륵은 지상으로 훌쩍 뛰어내렸다. 그러고는 막 숲을 헤치며 나서는 죽립인을 향해 싸늘히 외쳤다.

"거기 멈춰라."

번쩍!

"……!"

돌아온 대답은 한 줄기 섬광이었다.

그 빠르기가 가히 빛살과도 같아 황태는 혼신의 힘을 다해 허리를 꺾으며 쌍장을 휘둘렀다. 미처 검을 뽑을 여유조차 없었던 까닭이다.

쾅!

굉음과 함께 흙먼지가 치솟았다.

그 속에서 황태는 팔이 부러질 것 같은 충격에 재빨리 공력을 일으켜 몸을 보호하는 한편, 좌수로 검을 뽑았다.

하지만 검이 검집을 채 빠져나오기도 전에 죽립인은 이미 이십 장 전방의 숲으로 뛰어들고 있었다.

파르르…….

황태는 눈빛을 떨었다.

동생의 복수를 위해 폐관 수련을 깨고 세상에 나온 이후 이런 충격은 처음이었다.

'아무리 예상 못한 기습이었더라도 이렇게까지 밀리다니…….'

찌이잉.

뒤늦게 몸속에서 충격파가 올라왔다.

다행히 내장을 상할 정도는 아니었지만 목구멍 너머에서 비릿한 혈향이 올라왔다.

"전주님! 괜찮으십니까?!"

황태는 대답 대신 고개를 들어 전방을 응시했다.

수십 명이 맹렬히 달려오고 있었다. 그리고 그 뒤에 수백에 달하는 자들이 더 있었다.

"전주님! 속히 이곳을 피하셔야 합니다!"

황태는 지그시 입술을 깨물었다.

마음은 자신을 일격에 뒤로 물러서게 만든 죽립인을 쫓아가라 외치고 있었지만, 머리는 안전이 우선임을 말하

이상한 눈빛을 지닌 자 〈61〉

고 있었다.

'누군지 모르나 다음에 만나면 오늘과는 상황이 다를 것이다.'

쾅!

땅을 박차고 오른 황태가 선택한 쪽은 연후를 쫓던 수하들이 이동하는 방향이었다.

* * *

'사람의 눈빛이 아니었다.'

연후는 갑작스럽게 앞을 막아섰던 자를 떠올렸다.

그가 자신을 멈추게 하려 한다는 것을 알고 일격을 날렸다.

절정고수정도는 충분히 꺼꾸러뜨릴 힘을 담은 공격이었음에도 상대는 충격만 받았을 뿐 멀쩡해 보였다.

마음 같아서는 되돌아가서 다시 공격을 하고 싶었지만 북궁패 등을 보다 안전한 곳까지 이동시키는 것이 우선이었기에 참을 수밖에 없었다.

그때 스쳐 지나가면서 봤던 상대의 눈빛은 형용이 불가할 정도로 기괴하면서도 섬뜩했다.

'어디선가 본 적이 있는데······.'

연후는 이동을 하면서 기억의 편린을 하나하나 끄집어

냈다. 그리고 얼마 가지 않아 떠오른 것은 천 년의 관문, 혈옥을 지키던 관문지기들이었다.

그때 그들도 조금 전의 그자와 비슷한 눈빛을 지니고 있었다.

'어째서 그들과 비슷한 기운을 지닌 자가 이 세상에 존재할 수 있는 거지?'

그건 불가능했다.

왜냐고?

혈옥을 지켰던 관문지기들은 모두 죽었다. 정확하게 말하면 모두 죽였다.

딱 한 사람만 제외하고.

하지만 절대 그일 수는 없었다.

당신은 악마예요.

혈옥의 유일한 생존자는 여인이었으니까.

'돌아가서 족쳐 봐야 할까?'

연후는 뒤를 돌아봤지만 이미 한참을 지나온 뒤였다.

* * *

"저쪽으로!"

서백은 북궁패와 검가의 고수들을 협곡으로 안내했다. 말이 협곡이지 초입을 넘어서기 전까지는 숲에 가려져 있어서 아무도 협곡이라 생각할 수 없는 그런 곳이었다.

잠시 후, 북궁패를 비롯한 모두는 서백을 쫓아 협곡으로 뛰어들었다.

그곳에 조영과 동방리가 있었다.

동방리는 서백이 뛰어들기가 무섭게 다가가며 물었다.

"주군은요?"

"오고 계실 겁니다."

서백의 답이 끝나기가 무섭게 철우가 먼저 협곡으로 들어섰다. 뒤이어 연후가 들어섰다.

북궁패는 눈빛을 떨었다.

'방금 저 여인이 분명 주군이라고 했다. 하면 이곳에 북부의 주군이 있다는 말인가?'

북궁패는 연후와 철우를 번갈아 응시했다.

둘 다 죽립을 쓰고 있어서 누가 누군지 알 수가 없었지만 둘 중 하나가 북부의 주군일 가능성이 높았다

그때 연후가 죽립을 벗었다.

북궁패의 두 눈이 커졌다. 연후를 본 적은 없었지만 선주 이염은 몇 번 본 적이 있었다.

'닮아도 너무 많이 닮았다. 하면…….'

그때 연후가 북궁패를 응시했다.

시선이 마주치자 북궁패는 숨을 고르며 정중하게 물었다.
"혹시 철혈가주이십니까?"
"그렇소. 내가 이연후요."
"검가의 북궁패가 가주를 뵙습니다!"
처처척!
검가의 모두가 포권을 취하며 머리를 조아렸다. 예를 다하는 모습 속에서도 오연함과 당당함이 진하게 느껴지자 연후는 내심 감탄했다.
'제법이군.'
연후는 서백과 조영에게 지시를 내렸다.
"협곡 입구로 나가 황하수련의 움직임을 관찰하도록 해."
"알겠습니다."
"옙!"
서백과 조영이 협곡을 빠져나가자 연후는 뒤쪽 바위에 걸터앉으며 물주머니를 꺼내어 목을 축였다. 그러고는 북궁패를 직시하며 물었다.
"황하수련과 충돌했다는 소식은 들었소. 하면 그들을 공격하다가 쫓기게 된 것이오?"
"……예. 적의 지원을 예상하지 못하고 있다가 결국 물러설 수밖에 없었습니다."
"귀하의 신분을 물어봐도 되겠소?"
"……."

"오해는 마시오. 황하수련 쪽에서 귀하를 사로잡으려 하는 것 같아서 물어본 것이오."

북궁패가 물었다.

"어째서 그리 보셨는지요?"

"그냥 느낌이 그렇다는 것이오."

"제 형님이 검가의 주군이십니다."

'어쩐지 제법 닮았다 싶더니…….'

북궁패를 처음 봤을 때 북궁소와 매우 닮았다는 느낌을 받은 연후였다.

그니지나 뜻밖이었다.

북궁패 정도 되는 거물이 직접 작전에 참여했다가 쫓기는 신세가 되었다니. 하물며 전면전도 아닌 국지전이어서 더더욱 뜻밖이었다.

"남쪽은 더 위험할 거요."

"처음에는 북쪽으로 가려 했지만 적들이 차단하고 있어서 어쩔 수 없이 남쪽을 택할 수밖에 없었습니다."

"그럼 우리와 같이 갑시다. 안전한 곳까지 나와 저 친구들이 돕겠소."

"……!"

"대공자와의 인연을 생각해서 베푸는 도움이라 생각하시오."

그때 서백과 조영이 뛰어들었다.

"주군! 황하수련 놈들이 몰려오고 있습니다. 정확하게 이곳으로 향하는 것을 보니 주변 지리에 밝은 것 같습니다."

연후는 바위에서 몸을 일으켰다.

"협곡 뒤쪽을 통해 동쪽으로 빠져나간다. 서백, 네가 앞장서라."

"옙!"

서백이 협곡 뒤쪽으로 몸을 날렸다.

연후는 북궁패를 돌아봤다.

"같이 안 갈 거요?"

"도움에 감사드립니다."

이 와중에도 포권을 취하며 머리를 숙이는 북궁패. 그를 보고 있자니 연후는 자연스럽게 검가의 대공자 북궁천이 떠올랐다.

그와 북궁패가 하는 행동이 꽤 닮은 것 같았다.

"철우, 뒤를 맡아라."

"예."

"그럼 이만 가 봅시다."

"예."

연후는 협곡 뒤쪽으로 향했다.

사실 이 협곡은 지난날 백야벌에 들렀다가 귀환을 할 때 지나갔던 곳이었다.

검가를 돕기로 결정을 했을 때, 이곳을 통해 빠져나갈

것이라 미리 계산을 해 둔 터였다. 그걸 모르는 북궁패의 입장에서는 연후의 막힘없는 행보가 마치 처음부터 자신들을 돕기 위해 나선 것처럼 보였다.

얼마를 더 이동했을까?

신기하게도 협곡 안으로 강물이 흐르고 있었다. 폭이 이십 장이나 되었고, 수량도 다른 강만큼 풍부했다.

연후는 검가의 고수들을 돌아봤다.

"몇 명은 강변을 타고 저 끝까지 갔다가 돌아와야겠소. 적들이 볼 수 있게끔 최소한의 흔적을 남겨 두는 것을 잊지 마시오."

연후가 가리킨 곳은 강이 끝나는 부분이었다. 그곳부터는 절벽이 좌우로 솟아 있어서 시야에 들어오지 않았다.

북궁패가 눈짓을 주자 검가의 고수 다섯 명이 강변을 타고 이동하기 시작했다.

연후의 지시가 이어졌다.

"다른 사람들은 강을 뛰어넘도록 하시오."

북궁패가 가장 먼저 몸을 날렸다. 강 한가운데에 바위가 우뚝 솟아 있어서 도강을 하는 데 큰 문제는 없었다.

신기한 것은 검가의 고수들이 연후의 지시에 군말 없이 따른다는 점이었다.

그 모습을 지켜보던 동방리의 얼굴에 옅은 미소가 떠올랐다.

'사람을 압도하는 쪽에서는 천하제일이실 거야.'

그때 연후가 그녀를 돌아봤다.

"갑시다."

"예."

동방리가 먼저 몸을 날렸다.

그 뒤를 연후가 따랐는데, 그는 모두가 발판을 삼았던 바위를 밟지 않고 주변에 장풍을 몇 방 날렸다.

펑펑펑!

촤아악!

치솟은 물보라가 바위를 적셨다.

동방리는 자신의 곁으로 내려서는 연후를 향해 눈을 동그랗게 치뜨며 물었다.

"왜 그러셨어요?"

"바위에 남아 있을 흔적을 지운 거요."

"아……."

탄성을 발하는 동방리. 북궁패도 연후의 치밀함에 적잖이 감탄하는 기색이었다.

장력을 이용해 물을 끼얹는 것 정도는 자신도 충분히 할 수 있는 경지였다. 하지만 이런 생각은 정말이지 상상도 못한 부분이었다.

도강을 끝낸 모두는 협곡을 타고 빠르게 이동했다. 그러기를 한 식경쯤 지나자 협곡이 끝나고 광활한 들판이 나타났다.

서백이 뒤돌아서서 말했다.

"들판을 가로질러 산맥을 넘어가면 우리 권역입니다, 주군."

우리 권역이라는 말에 연후는 기분이 묘했다. 불과 얼마 전까지는 서북무림의 권역이었던 탓이었다.

연후는 잠시 들판의 한가운데를 가로지른 강을 바라봤다.

'도시를 세우기에 이보다 좋은 환경은 없다. 게다가 저 넓은 들판은 군마를 키우기에 더없이 좋은 곳이다.'

지난날 이곳을 지나갈 때도 이런 생각을 해 봤었다. 하지만 그땐 황하수련의 활동지에다 서북의 영토와 가까운 곳이어서 생각에 그쳤지만 이제는 달랐다.

연후는 현진과 송영을 떠올렸다.

'여긴 어디에도 소속되지 않은 지역이다. 하면 먼저 깃발을 꽂는 쪽이 임자라는 건데……. 아무래도 **빠른** 시일 내로 녀석들을 데려와 제대로 된 계획을 세워야겠군.'

끼아악!

독수리 한 마리가 하늘에 나타났다.

독수리는 모두의 머리 위를 한 차례 선회하고는 까마득한 곳으로 사라졌다.

연후는 북궁패를 돌아봤다.

"우리 권역까지 갔다가 돌아갈 방법을 찾는 게 좋을 것 같소만."
"허락하신다면 그리하겠습니다."
"그럼 갑시다."

모두는 들판으로 뛰어들었다.

수풀이 어지간한 장정의 머리까지 자라 있어서 이동을 하는데 쉽지가 않았다.

물론 경공술을 이용해 수풀 위를 달리는 방법이 있지만 굳이 이런 곳에서 공력을 소모할 필요는 없었다.

"제가 길을 트겠습니다."

서백이 활 대신 검을 뽑았다.

무엇을 할지 눈치를 챈 조영도 검을 뽑아 들고는 서백의 옆으로 다가갔다.

서백과 조영이 선두에서 길을 트면 그 뒤를 쫓는 방법으로 천천히 북쪽을 향하기를 얼마나 지났을까?

끼아악!

사라졌던 독수리가 다시 나타나 모두의 머리 위를 유유히 날아다녔다.

"저 자식이 우리를 먹잇감으로 착각했나? 확 그냥 잡아서 통구이로 만들어 버릴라."

조영의 말을 듣기라도 한 걸까?

보다 가까이 내려오던 독수리가 날갯짓을 하며 높이 솟

구쳐 올랐다.

그때였다.

"주군, 황하수련이 쫓아오고 있습니다."

뒤에서 철우의 목소리가 울렸다.

연후는 고개를 돌려 뒤를 바라봤다. 들판이 시작되는 지점에 수백에 달하는 황하수련의 고수들이 막 모습을 드러내고 있었다.

'어떻게 알았지?'

연후는 미간을 좁혔다.

추종술에 능한 자가 있다면 충분히 쫓아올 수도 있었겠만, 이처럼 빨리 발각이 되었다는 점이 매우 이상했다.

끼아악!

연후는 포효하는 독수리를 올려다봤다.

'설마…….'

혹시 독수리가 위치를 알려 준 것은 아닐까 하는 생각을 하고는 쓴웃음을 지었다. 사람이 독수리와 말이 통하지 않는 한 그건 불가능한 일이었다.

북궁패가 무거운 어조로 말했다.

"괜히 저희 때문에 곤경에 처하실 수도 있으니 이쯤에서 저희는 다른 곳으로 움직이겠습니다."

"미안해할 거 없소. 우리가 꽤 앞서 있으니 충분히 따돌릴 수 있을 것이오."

연후는 모두를 향해 나지막이 명령을 내렸다.

"전속력으로 달린다."

"모두 전속력으로!"

파파팟!

서백과 조영이 가장 먼저 수풀 위로 떠올랐다. 뒤를 이어 모두가 경공술을 펼쳤다.

파파팟!

연후는 맨 뒤에서 움직였고, 북궁패가 연후의 곁에서 움직였다.

그렇게 얼마를 달렸을까?

펑펑!

하늘에 두 발의 폭죽이 터졌다.

허공을 수놓은 불꽃은 한참 동안 사라지지 않고 연기를 피어올렸다.

연후는 뒤를 돌아봤다.

황하수련이 맹렬히 쫓아오고 있었지만 거리는 오히려 점점 벌어지고 있었다.

그때였다.

'응?'

연후의 시선이 좌측으로 돌아갔다.

수풀 위를 달리는 흑포인들이 있었다. 거리는 대략 오십 장 정도.

'일부러 거리를 유지하고 있다.'

연후의 눈에는 그렇게 보였다.

더 꺼림칙한 것은 그들의 흔적을 전혀 눈치채지 못하고 있었다는 점이었다.

"주군! 전방에 황하수련입니다!"

서백의 외침이 올렸다.

반사적으로 돌아간 연후의 두 눈에 들판을 가로지른 강 위로 모습을 드러내는 여러 척의 배가 비수처럼 파고들었다.

틀림없는 황하수련의 전함들이었다.

'늦을 수도 있겠는데…….'

본래라면 전함이 다가오기 전에 강을 넘어가기에 충분히 여유가 있었다.

하지만 검가의 고수들 중에 부상자가 몇 명 있는 탓에 지금으로서는 어찌 될지 장담을 할 수가 없는 상황이었다.

그렇다고 우회할 수도 없는 노릇이었다.

"그대로 돌파한다."

"옙!"

서백이 검을 거두고 활을 내렸다.

"철우, 너도 앞으로 나서라."

"예."

철우가 서백의 곁으로 이동했다.

그때였다.

"사숙!"

부상을 입고 있는 검가의 고수 두 명이 검을 뽑아 들며 북궁패를 돌아봤다. 그런 그들의 뺨에서 눈물이 흐르고 있었다.

"저희 먼저 가겠습니다! 부디 만수무강하십시오!"

"……!"

서걱! 서걱!

두 고수는 검으로 자신의 목을 벴다. 동시에 북궁패가 부르짖었다.

"안 돼!"

바람을 타고 날아든 피가 북궁패의 얼굴을 붉게 물들였다.

콱!

연후는 멈춰 서려는 북궁패의 팔을 낚아챘다.

"저들의 희생을 헛되이 하지 마시오."

"……!"

그 와중에 두 고수는 수풀 속으로 떨어졌고, 연후와 북궁패는 그 위를 지나갔다.

연후는 손끝을 통해 북궁패의 떨림을 고스란히 느꼈다.

'검가…… 결코 약할 수가 없는 곳이었군.'

* * *

"네놈이 빠져나갈 곳은 없다, 북궁패."

가회는 들판을 가로지르는 북궁패를 응시하며 싸늘히 웃었다.

그는 시선을 돌려 강을 타고 내려오는 전함을 응시했다.

"혹시 몰라 이쪽으로 이동시켰는데 때마침 나타나 줬군그래. 후후후."

"군사, 놈들이 바로 도강을 시도할 모양입니다. 이대로라면 우리 전함보다 더 빠를 것 같습니다."

"걱정할 거 없다. 놈들은 절대 저 강을 넘어가지 못한다."

딱!

가회가 손가락을 튕기자 곁에 서 있던 자가 품속에서 기다란 통을 꺼내 심지에 불을 붙였다.

치이익.

피유우우! 펑!

하늘에 또 한 발의 폭죽이 터졌다.

"세상이 모르게 준비해 온 본 련의 비밀 병기가 저들의 도강을 막아 줄 것이다."

가회의 말이 끝나기가 무섭게 전함에서 물속으로 뛰어

드는 자들이 있었다.

 스무 명쯤 될까?

 하나같이 윤기가 자르르 흐르는 기괴한 옷을 입고 있었는데, 옷 표면이 마치 물고기의 비늘을 연상시키는 모양을 하고 있었다.

 그때였다.

 끼아악!

 독수리 한 마리가 가회의 머리 위에서 포효하며 빠르게 떨어져 내리더니 가회의 어깨에 사뿐히 내려앉았다.

 "이놈 역시 세상이 모르는 우리의 비밀 병기라고 해야겠지? 후후후."

 "놈의 역할이 컸습니다. 아니면 감쪽같이 행적을 놓쳤을 겁니다. 이제 추종술에 있어 본 련을 능가할 집단은 없을 겁니다."

 "데려가서 배불리 먹이도록 하거라."

 "예."

 독수리를 수하에게 내준 가회는 다시 시선을 북궁패에게로 돌렸다. 짧은 시간에 그들은 강과 매우 가까운 곳에 이르러 있었다.

 가회가 다시 이를 드러내며 웃었다.

 "물속으로 뛰어드는 순간 지옥을 맛보게 될 것이다. 후후후."

＊　＊　＊

 연후는 황하수련의 전함을 돌아봤다.
 '이 정도면 충분하다.'
 예상보다 전함의 속도가 느렸다. 덕분에 별다른 저항 없이 도강을 할 수 있을 것 같았다.
 그때였다.
 하늘에 다시 폭죽 한 발이 터졌다.
 펑!
 뒤이어 전함의 선수로 기괴한 복장을 한 자들이 모습을 드러내는가 싶더니, 이내 물속으로 뛰어드는 광경이 눈에 들어왔다.
 이상한 것은 물속으로 뛰어내린 자들이 물 위로 올라오지 않는다는 점이었다.
 '수공에 특화된 놈들이라면······.'
 팡!
 연후는 속도를 올려 선두로 나섰다.
 "모두 나를 따라오도록!"
 연후는 하류 쪽으로 방향을 틀었다. 가고자 했던 방향과는 완전히 반대였기에 북궁패가 소리쳐 물었다.
 "강이 지척인데 어째서 방향을 트십니까?"

"물속에 이상한 놈들이 있소."

"……!"

황하수련의 전함에서 물속으로 뛰어드는 자들을 보지 못한 북궁패로서는 도대체 이게 무슨 말인가 싶었다. 여기서 물속을 들여다본다는 것은 불가능한 일이었기 때문이다.

연후는 하류 쪽으로 더 내려갔다.

'물속에서 아무리 빨라도 육상에서의 경공술을 능가할 순 없다.'

그는 물속으로 뛰어든 자들과의 거리를 최대한 벌린 다음 도강을 할 생각이었다.

물론 하류 쪽도 안전하다 할 순 없었지만 보이지 않는 적과 싸우는 것보다는 낫다고 판단을 내렸다.

쐐애액!

방향을 하류 쪽으로 틀면서 뒤를 쫓아오던 무리와 거리가 가까워지자 암기가 날아들기 시작했다.

하지만 이곳에 암기에 당할 정도로 약한 사람은 없었다.

따다다당!

암기는 호신강기를 뚫지 못하고 죄다 튕겨져 날아갔다. 빗나간 암기들은 모조리 수풀이 집어삼켰다.

타앙!

서백의 시위가 경쾌한 소리를 냈다.

뒤이어 날아간 화살이 뒤를 쫓던 자의 머리를 꿰뚫었다.

"크악!"

강까지의 거리는 이제 이십 장 정도.

뒤를 쫓아오는 황하수련과의 거리는 대략 삼십 장 정도였다.

쐐애액!

또다시 암기가 허공을 새카맣게 덮으려 날아들 때 혈마번이 연후의 손을 떠났다.

위이잉!

수풀 위를 바짝 스치듯 날아간 혈마번은 가장 앞서 쫓아오던 황하수련의 고수들을 덮쳤다.

퍼퍼퍽!

"크아악!"

"끄악!"

혈마번을 피해 뛰어오르려던 자들은 허리가 잘렸고, 수풀 밑으로 피하려던 자들은 머리가 잘려 날아갔다. 단 일격에 열 명이 동강이 난 채 꼬꾸라졌다.

"세상에……."

누군가의 입에서 불신이 가득한 목소리가 흘러나왔다.

타아앙!

서백은 속사에 연사를 펼쳤다.

쐐애액! 퍼퍽!
"크악!"
"컥!"
그의 궁술은 백발백중이었다.
하지만 워낙에 숫자가 많아 별다른 타격을 입히지는 못했다. 다만 선두에서 쫓아오는 자들로 하여금 속도를 늦추게 하는 효과는 충분히 있었다.
그 와중에 강이 코앞에 다가왔다.
연후을 시작으로 모두는 일제히 강으로 뛰어들었다.
표표표표풍!
암기가 떨어진 강물 위로 작은 물보라가 수백, 수천 개가 솟구쳤다. 암기를 허용한 사람은 아무도 없었지만 호신강기를 일으켜야 했기 때문에 속도가 줄어드는 것은 피할 수 없었다.
이대로라면 후미는 주격을 허용할 수도 있는 상황이었다.
그때였다.
연후의 두 손이 하얗게 변해 갔다.
뒤이어 강물을 향해 장력을 퍼붓자 물보라가 치솟더니 순식간에 얼어붙기 시작했다.
쩌저적!
허공에 수십, 수백 개의 얼음덩어리가 만들어지더니,

이내 뒤를 쫓아오는 적들을 향해 화살처럼 날아갔다.

그 위에 혈마번이 더해지자 얼음덩어리의 속도는 가히 빛살처럼 빨라졌다.

속도가 빨라지면 파괴력이 느는 것은 당연한 이치. 뒤이어 목불인견의 참상이 벌어졌다.

쐐애액!

위이잉!

퍼퍼퍼퍽!

"크아악!"

"끄악!"

가공할 위력과 참상에 맹렬히 쫓아오던 황하수련의 기세가 한순간 주춤거렸고, 그 틈을 이용해 북궁패를 비롯한 모두가 도강에 성공했다.

연후는 바위 위에서 들판 쪽을 응시했다.

그러다가 찾아낸 것은 가회였다.

지난날 백야벌에서 황하수련의 주군 우문적보다 더 한 강렬함을 풍겼던 가회였기에 연후는 그를 똑똑히 기억하고 있었다.

'군사까지 나섰다면 검가가 몰살을 당하지 않은 것이 오히려 이상한 일이긴 한데……'

연후는 갈등했다.

이대로 검가만 구해서 돌아갈 것인가, 아니면 가회를

죽여 황하수련에 엄청난 타격을 입힐까.

내면은 후자를 종용하고 있었다.

어차피 다음 목표는 황하수련이었다. 기회가 왔을 때, 황하수련의 절대적 전력이라 할 수 있는 가회의 목을 벨 수만 있다면 완벽하게 기선을 제압할 수 있을 것이다.

하지만 선뜻 그럴 수가 없었다. 황하수련의 병력이 너무 많았고, 자신이 빠졌을 때 다른 이들의 안전을 장담할 수가 없었다.

"빨리 오세요!"

동방리의 애타는 외침에 연후는 갈등을 접고 돌아섰다.

'오늘은 그냥 넘어가 주마.'

* * *

"……!"

가회는 두 눈을 의심했다.

살면서 저런 무공은 본 적도, 들어 본 적도 없었다. 거기에 저토록 강력한 위력이라니.

'검가에 저런 무공을 쓰는 자가 있었나? 아니다. 분명 우리가 모르는 자가 저곳에 있다!'

꽉!

가회는 어금니를 악물었다.

설사 저곳에 무신(武神)이 있더라도 자신이 직접 나선 이상 최소한의 성과는 내야 했다. 아니면 자존심에 먹칠을 함은 물론이고, 황하수련 내부에서의 반발에 시달릴 수도 있었다.

가회는 측근들을 돌아보며 외쳤다.

"모든 병력을 저곳으로 집중시켜라! 전함에 타고 있는 전 병력도 추격에 투입한다!"

"예!"

피유우! 퍼퍼펑!

폭죽이 연이어 터졌다.

강물을 타고 내려오던 전함이 한순간 멈추는가 싶더니 수백 명에 달하는 자들이 강기슭으로 뛰어내렸다.

가회는 피풍의를 벗어 던지고 들판으로 뛰어들었다.

그가 뛰어들자 보이지 않던 곳에서 그를 호위했던 자들이 유령처럼 모습을 드러내더니 좌우, 뒤쪽을 철통처럼 에워싸며 호위망을 구축했다.

* * *

연후는 다시 선두로 나섰다.

그렇게 두 식경쯤 달렸을까?

연후는 돌연 방향을 북서쪽으로 틀었다. 당초 가고자

했던 방향이지만 이미 그곳은 황하수련에 의해 완벽하게 차단을 당한 상태였다.

"어째서 그리 가십니까?!"

북궁패가 큰소리로 물었다.

"나를 믿고 따라오시오."

"……."

의문을 갖는 쪽은 북궁패와 검가의 고수들뿐이었다. 철우를 비롯한 모두는 마치 처음부터 이럴 것을 알고 있기라도 했던 것처럼 연후의 뒤를 따를 뿐이었다.

그건 연후를 향한 절대적인 믿음이었다.

얼마를 더 달렸을까?

숲이 끝나고 늪지가 나타났다. 뒤이어 강변의 숲 너머로 강 위에 멈춰 있는 황하수련의 전함이 어렴풋이 보이기 시작했다.

'아니, 왜 이곳으로…….'

북궁패는 두 눈을 부릅떴다.

사선을 뚫으며 간신히 헤쳐 나왔던 곳으로 되돌아온 것이었다.

'도대체 무슨 생각을 하고 계신 건가.'

북궁패는 이해할 수 없다는 눈빛으로 연후의 뒷모습을 응시했다. 더 이해할 수 없는 것은 별걱정이 되지 않는다는 점이었다.

그냥 믿고 따르면 될 것 같다는 느낌이랄까?

[사숙, 이대로 가도 괜찮겠습니까?]

한 고수의 전음에 북궁패는 고개를 저었다.

[지금은 저분을 믿어야 할 때다. 동요하지 말고 그저 따르자꾸나.]

연후는 늪지대를 우회하여 강변을 타고 펼쳐져 있는 숲으로 향했다.

그러기를 백 장 정도 이동하자 강물과 숲이 교차하는 지점이 나타났고, 조금 더 올라가니 오랜 세월 침식을 거쳐 형성된 거대한 구덩이가 모습을 드러냈다.

연후는 거침없이 그곳으로 모두를 이끌었다.

뒤쪽은 깎아지른 절벽이 솟아 있었고, 늘어진 나뭇가지가 입구를 가리고 있어서 일부러 다가와 살펴보지 않으면 절대 찾을 수 없는 곳이었다.

또한 안에서 강 쪽을 훤히 내다볼 수 있어서 적이 다가오면 쉽게 발견할 수 있는 이점까지 갖춘, 그야말로 몸을 숨기기에 최적의 환경을 갖추고 있었다.

한 가지 불편한 것은 사람이 올라설 수 있는 공간이 지극히 좁아서 대부분은 물속에서 머물러야 한다는 점이었다.

"여기서 대기한다."

"예."

"올라오시오."
"전 괜찮아요."
"가주가 그곳에 있으면 다른 사람들이 불편해할 거요."
"……."
"맞습니다. 하니 어서 오르십시오, 가주님."

동방리는 결국 얼마 되지 않은 공간 위로 올라섰고, 연후와 북궁패가 그녀의 좌우에 자리를 잡았다.

철우가 물었다.

"놈들이 물러갈 때까지 이곳에 있을 생각이십니까?"

"그것까진 생각하지 못했다. 지금부터 방법을 더 찾아봐야지."

"……."

한숨 돌릴 수 있게 되자, 북궁패는 궁금했던 점을 물었다.

"이런 곳이 있을 줄 알고 계셨습니까?"

"물살이 굽이치는 곳이면 어떤 강이든 이런 곳은 있기 마련이오."

연후는 말을 하며 강 상류 쪽을 가리켰다.

모두의 시선이 자연스럽게 그가 가리킨 쪽을 향해 돌아갔다.

완만하게 흘러내리던 강물이 연후가 가리킨 지점에 이르러 가장자리 쪽에서 포말이 심하게 일어나고 있었다.

그곳에서 파생된 또 다른 형태의 물살이 그들이 있는 곳까지 이어지다가 바로 앞에서 본류로 흘러들고 있었다.

북궁패는 놀람을 금치 못했다.

'그 다급한 와중에 이런 곳을 찾아내다니……'

찾아낸 것만이 놀라운 게 아니었다.

쫓기는 와중에 한 치의 망설임도 없이 이곳을 선택한 것은 말이 쉽지, 누구나 할 수 있는 게 아니었다.

그것은 스스로에 대한 믿음과 결단력이 없으면 결코 불가능한 것이리라.

'북부가 결코 운으로 서북을 병합한 것이 아니구나.'

북부의 서북무림 병합을 두고 많은 이들이 이렇게 말을 하곤 한다.

위연광의 무능에 천운이 겹친 덕분에 북부가 서북무림을 병합할 수 있었다고.

북궁패는 다른 것을 물어보려다가 말았다.

연후가 눈을 감고 있음을 본 탓이었다.

북궁패는 기대했다. 감고 있는 저 눈을 뜰 때, 과연 어떤 계책을 들고 나와 자신을 또 놀라게 만들까.

'왜 이렇게 안심이 되는 거지?'

기대감의 이면에는 지금껏 느껴 보지 못한 안도감이 자리하고 있었다.

* * *

철썩! 철썩!

바람이 만들어 낸 작은 물결이 들이쳤다가 빠지기를 반복하며 모두의 몸을 이리저리 흔들었다.

"좀 춥네."

조영이 몸을 한껏 웅크리며 인상을 찡그렸다.

아무리 내가기공으로 단련이 된 무인들이라도 냉기를 머금은 물속에서 오랜 시간을 보낸다는 건 고역일 수밖에 없었다.

그렇다고 엄습하는 냉기를 몰아내기 위해 공력을 쓸 수도 없는 노릇이었다. 자칫 잘못했다가 발각이 되면 저 많은 황하수련을 상대로 싸워야 하는 최악의 상황을 맞게 될 테니까.

모두는 연후를 바라봤다.

쉬고 있는 건지, 아니면 다음 계책을 찾아 고심을 하고 있는 건지, 연후는 여전히 감은 눈을 뜨지 않고 있었다.

펑! 펑!

먼 곳에서 폭죽 터지는 소리가 울렸다.

들려온 소리로 미루어 짐작하건대 상당히 먼 곳에서 터진 것임을 알 수 있었다.

조영이 히죽 웃었다.

"멍청한 새끼들이 모조리 엉뚱한 곳으로 가 버렸나 본데요?"

그러자 서백이 검지를 세워 조용히 하라는 신호를 주었고, 조영은 머쓱한 표정으로 뒤로 물러섰다.

그때 연후가 감았던 눈을 떴다.

이곳으로 들어온 지 두 식경이 지난 시점이었다.

모두는 눈빛을 발하며 그가 어떤 지시를 내릴지 기다렸다.

하지만 연후는 아무 말 없이 물속으로 내려섰다. 그러고는 늘어진 수풀을 좌우로 헤쳐 강 쪽을 살폈다.

전함은 여전히 그 자리를 지키고 있었다.

전함 주변에 작은 쾌속선 몇 척이 있었지만 밧줄로 모선과 연결이 되어 있을 뿐, 사람이 타고 있지는 않았다.

연후는 조금 더 먼 곳까지 살폈다.

하지만 어디에도 황하수련의 병력은 없었고, 전함 위를 서성이는 자들이 전부였다.

연후는 동방리를 돌아봤다.

"날씨를 좀 봐 주겠소?"

"잠시만요."

동방리는 조심스럽게 물속으로 내려와 연후의 곁으로 다가가서는 하늘과 산맥 주변을 꼼꼼히 살폈다.

"비는 내리지 않을 것 같은데, 곧 바람의 방향이 서풍으로 바뀔 것 같아요."

"바람의 세기는 어느 정도가 될 것 같소?"

"최고 단계를 열이라고 하면 칠에서 팔 정도는 될 것 같군요."

대답을 하는 동방리의 눈빛이 묘했다.

그녀는 연후가 시선을 돌리자 바로 전음을 날렸다.

[다 알고 물어보신 거죠?]

[확신을 할 수가 없어 도움을 청한 것이오.]

[이젠 확신하시나요?]

[그렇소.]

동방리는 괜히 기분이 좋아졌다. 자신의 답을 통해 확신이 들었다면 그만큼 자신을 믿어 주는 것이니까.

"올라갑시다."

연후와 동방리는 다시 본래의 자리로 올라갔다.

모두가 이제 어떡할 것인지를 묻고 싶었지만 아무도 선뜻 나서지 못했다. 북궁패조차도 연후가 먼저 말을 하기를 기다릴 뿐이었다.

하지만 조영은 달랐다.

"이제 어떡하실 겁니까?"

"서풍이 불 때까지 계속 이곳에서 대기한다."

"서풍이 불면요?"

"쾌속선을 훔쳐 북쪽으로 빠져나간다."

"……!"

모두의 두 눈이 휘둥그레졌다. 쾌속선을 훔쳐서 북쪽으로 빠져나간다는 방법을 예상치 못하기도 했지만, 결코 좋은 방법이 아닌 것 같아서였다.

북궁패가 무겁게 입을 열었다.

"배가 아무리 빨라도 놈들이 육로를 통해 쫓아오면 금방 따라잡힐 텐데…… 차라리 놈들이 멀어진 지금 강기슭을 타고 빠져나가는 것이 더 안전하지 않겠습니까?"

"무사히 빠져나간다면 다행이지만, 만약 발각된다면 순식간에 포위를 당해 손쓸 방법이 없게 될 거고, 저 많은 적들과 싸우다 우리들 중 몇 명은 반드시 죽게 될 거요."

연후는 말을 하면서 검가의 고수들을 힐끗 쳐다봤다. 그러한 행동이 무엇을 의미하는지 모를 리 없었던 북궁패는 고개를 끄덕이며 무겁게 말했다.

"제가 생각이 짧았습니다."

"난 당신들 중 누구도 죽는 걸 원치 않소. 하니 내가 하자는 대로 따르시오. 그럼 아무도 죽지 않소."

"……!"

연후가 다시 눈을 감자 모두는 반신반의하는 표정으로 서로를 쳐다봤다.

북궁패는 눈빛을 떨었다.

그런 그의 귓속으로 한 줄기 전음성이 흘러들었다.

[몇 명 죽어도 괜찮다고 생각하셨다면 방법을 달리하셨을 것이오.]

철우였다.

북궁패가 그를 돌아봤다.

[이런 식으로 몸을 숨기는 건 주군의 방식이 아니오.]

[하면 달리하셨을 방법을 물어봐도 되겠소?]

[지금쯤 이곳은 아수라지옥이 되었을 것이오. 물론 당신 수하들도 꽤 많이 죽었을 테고.]

"……!"

북궁패는 다시 한번 눈빛을 떨었다.

철우는 그런 북궁패를 잠시 응시하다가 연후를 돌아봤다.

'분명 원하시는 뭔가가 있으실 거다.'

지금까지는 우연히 발생한 사건으로 뛰어든 형국이었다. 검기를 확실한 우군으로 만들기 위한 조치라고 할 수도 있었다.

하지만 연후는 이런 우발적인 상황에서도 항상 자신이 원하는 그림을 그렸고, 마지막에는 결국 결과를 이끌어 냈다.

철우는 이번에도 연후가 단순히 검가를 돕는 것을 넘어 또 다른 뭔가를 할 것이라 믿었다. 지금껏 항상 그래 왔고, 누구보다 가까운 곳에서 그러한 상황들을 지켜봤던

이상한 눈빛을 지닌 자 〈93〉

철우였다.

휘이잉!

바람이 서서히 강해지기 시작했다.

하지만 아직은 북풍이었다. 이런 상태면 아무리 쾌속선이라도 강물을 거슬러 올라가기가 어려웠다.

철우는 동방리를 돌아봤다. 마침 그녀가 이쪽을 돌아보다가 시선이 마주쳤다.

동방리가 옅은 미소를 지어 보였다.

[걱정 마세요. 해가 떨어질 즈음에 서풍으로 바뀔 거예요.]

철우는 문득 동방리가 이전보다 훨씬 더 강해졌다는 것을 깨달았다. 수련을 통한 무력의 발전도 발전이지만, 내면이 아주 탄탄해진 것 같은 느낌이었다.

'그러고 보니 나만 정체된 것 같군.'

갑자기 치미는 씁쓸함에 철우는 암벽에 몸을 기대며 눈을 감았다.

모두는 차가운 물속에서 시간이 빨리 흘러가기만을 기다렸다.

그렇게 반 시진쯤 흘렀을까?

사위에 어둠이 내려앉기 시작할 때, 검가의 고수 하나가 나지막이 외쳤다.

"……바람의 방향이 바뀌었습니다."

바람의 방향이 서풍으로 바뀌어 있었다. 잔잔하던 강물

위쪽에서 파랑이 일어나 북서쪽으로 하얀 포말을 일으키며 밀려갈 정도로 매우 강한 바람이었다.

조영이 눈을 동그랗게 치떴다.

"이야, 이게 정말 바뀌네?"

서백이 그런 조영을 향해 미간을 좁혔다.

[조 공자는 아직 많이 부족한 것 같네요.]

[뭐가…… 말이오?]

[주군에 대한 믿음.]

"……."

[주군께서 그리된다 하시면 그리될 거라 믿으세요. 그럼 됩니다.]

[당연히 주군을 믿긴 믿는데…….]

조영은 말끝을 흐리다가 씩 웃으며 머리를 긁적였다. 연후의 말을 반신반의한 것은 사실이었다.

모두가 연후를 돌아봤다.

마침 그가 눈을 뜨고 물속으로 내려서고 있었다. 모두는 마른침을 삼키며 그가 할 말을 기다렸다.

연후는 철우를 돌아봤다.

"대기하고 있다가 쾌속선이 다가오면 즉시 상류로 올라가라. 바람이 강하니 따로 수를 내지 않아도 제법 빨리 올라갈 수 있을 테니 장력을 이용해 속도를 높이려는 것 따윈 하지 않도록 해."

"같이…… 안 가십니까?"

"곧 뒤따라가마."

철우는 저도 같이 가겠습니다, 라는 말을 하지 못했다. 연후가 처음부터 자신에게 명령을 내렸다는 것은 혼자 움직이겠다는 뜻이었다.

연후는 북궁패를 돌아봤다.

"상류에서 봅시다."

"……예."

연후는 조용히 강으로 향했다.

그때 동방리가 그의 팔을 잡았다.

"조심하세요."

"알겠소."

* * *

연후는 천하를 떠돌 때 어떤 수적으로부터 수공을 배운 적이 있었다.

뛰어나다 할 것까지 못 되는 단순한 수영과 잠영에 불과했지만, 연후는 그때 배워 놓았던 잠영을 이용해 황하수련의 전함을 향해 다가갔다.

호흡은 걱정할 게 없었다. 작정하면 반각 정도는 물속에서 머물 수 있었다. 그 시간이면 전함이 있는 곳까지 충분히 도달할 수 있는 거리였다.

어둠이 깔리기 시작한 때라 물속은 칠흑처럼 어두웠다. 하지만 공력을 이용해 안력을 키우자 시계는 전방 이십 장까지 밝아졌다.

연후는 놀라 달아나는 물고기들을 뒤로하고 빠르게 전함을 향해 다가갔다.

그렇게 한참을 이동한 후에 물 위로 조용히 머리를 내밀었을 땐, 모선과 밧줄로 연결되어 있던 쾌속선의 선미에 다다라 있었다.

"놓친 것 같은데?"

"걱정 마라. 군사가 어떤 분이냐. 분명 쥐새끼처럼 숨어 있는 놈들을 모조리 찾아내어 도륙을 내실 것이다."

전함 위에서 대화 소리가 들렸다.

연후는 시선을 다른 곳으로 돌렸다.

숨어 있을 땐 볼 수 없있던 뒤쪽 숲에서 횃불이 하나둘 늘어나고 있었다. 그중 몇 개는 일행들이 숨어 있는 곳과 제법 가까운 지점이었다.

'우리가 근처에 숨어 있을 것까지 계산하고 병력을 남겨 놓았군.'

연후는 가회를 떠올리며 다시 전함을 바라봤다.

높이 때문에 직접 사람을 볼 순 없었지만 감각을 최대치로 끌어올리자 스무 명가량의 기운이 감지되었다.

대부분은 대놓고 기를 발산하고 있었지만 몇 몇은 작정하고 신경 쓰지 않으면 감지하기 어려울 정도로 감지되는 기감의 정도가 매우 미약했다.

'슬슬 시작해 볼까?'

연후는 숨을 한껏 들이켜고는 다시 물속으로 들어갔다. 그러고는 십 장 정도 떨어진 곳의 다른 전함을 향해 나아갔다.

잠시 후, 목표했던 전함의 닻줄이 보이기 시작하자 연후는 닻줄을 따라 강바닥까지 내려갔다. 그러자 강바닥에 반쯤 파묻혀 있는 엄청난 크기의 닻이 보였다.

연후는 주변을 살폈다. 그러다가 가까운 곳에 강바닥을 뚫고 솟아오른 바위를 발견하고는 두 손으로 닻을 잡고 공력을 끌어올렸다.

엄청난 무게를 자랑하는 닻이었지만 들고 옮기는 것은 크게 문제가 되지 않았다.

다만 바위까지 거리가 맞지 않으면 전함의 무게까지 더해지기 때문에 원하는 것을 이룰 수가 없을 터였다.

다행히 길이는 충분했다.

연후는 바위에 닻을 걸었다. 그러고는 두 발에 십성의 공력을 담아 강하게 닻을 밟았다.

빠각.

바위 한쪽이 살짝 부서지면서 닻의 끝부분이 패인 부분

에 걸렸다.

연후는 다시 수면으로 향했다. 공력을 쓰는 바람에 호흡에 문제가 생긴 것이다.

그렇다고 너무 빨리 올라갈 순 없었다. 자칫 잘못하면 물속에서 의식을 잃을 수도 있는 상황이었다.

깊은 물속에서는 아무리 급해도 최대한 천천히 올라가야 한다.

기억조차 흐릿한 수적의 목소리가 머릿속에서 환청처럼 울렸다.

잠시 후, 수면 위로 머리를 내민 연후는 기척을 숨기곤 호흡했다.

찌잉.

귓속에서 이상한 소리가 울렸다.

송곳으로 찌르는 것 같은 통증도 몇 차례 올라왔다. 하지만 몇 번 호흡을 하자 증세는 감쪽같이 사라졌다.

연후는 다시 물속으로 들어갔다.

그러고는 다른 전함들에도 조금 전과 같은 작업을 마치고는 첫 번째 전함으로 돌아와 잠시 숨을 골랐다. 천하고수인 그조차도 물속에서의 작업은 엄청난 체력의 소모를 요했다.

거기에 닻을 고정시키기 위해 공력을 쓰는 바람에 단전의 상태도 다소 불안정했다.

연후는 단전이 안정될 때까지 배에 몸을 밀착시킨 채 기다렸다.

그렇게 일각쯤 지났을까?

연후는 조용히 쾌속선으로 올라가 돛을 폈다. 그리고 검을 뽑아 모선과 쾌속선을 연결해 놓은 밧줄을 끊어 버린 다음 다시 물로 뛰어들어 힘껏 밀었다.

그러자 쾌속선은 바람에 밀려 일행들이 있는 곳으로 빠르게 미끄러져 갔다.

촤악!

연후는 곧장 전함 위로 뛰어올랐다.

"엇!"

퍽!

"크악!"

그를 발견한 자의 머리가 뎅강 잘려 날아갔다. 연후는 그 옆에 서 있던 자들의 머리까지 날려 버리고는 두 번째 전함으로 몸을 날렸다.

"적이다! 적의 기습이다!"

땡땡땡!

종소리가 요란하게 울렸다.

그러자 모든 전함이 하나의 거대한 불꽃처럼 환하게 불

을 밝혔다.

치르륵.

연후는 허공에서 검에 화염을 담았다.

그러고는 두 번째 전함의 돛으로 뛰어내리며 화염을 날렸다.

퍽!

화르륵!

두꺼운 천으로 되어 있는 돛의 일부가 순식간에 화염에 휩싸였다.

연후는 재차 검을 날렸다. 이번에는 갑판에 수북하게 쌓여 있던 정체 모를 궤짝들을 향해서였다.

콰광!

폭음과 함께 화염이 치솟았고, 근처에 있던 황하수련의 고수 하나가 피를 뿌리며 꼬꾸라졌다.

연후는 쾌속선을 끊어 버린 첫 번째 진힘을 들이받다.
다행히 이쪽에 신경이 팔려 아무도 쾌속선이 빠져나가는 것을 모르는 눈치였다.

쐐액!

그때, 섬뜩한 기운이 날아들었다.

연후는 보법을 이용해 옆으로 슬쩍 몸을 빼며 날아든 검의 측면을 강하게 후려쳤다.

까앙!

"크억!"

 검을 쥔 자의 팔에서 피와 함께 뼈가 튀어나왔다.

 연후는 두 눈을 부릅뜬 상대의 목을 날리고는 달려드는 자들을 향해 천천히 돌아섰다.

* * *

쾅쾅!

 강 쪽에서 울리는 폭음에 가회는 뒤를 돌아봤다.

 충천하는 화광이 반사되어 그의 동공을 붉게 물들였다.

 "군사! 전함이 공격을 받고 있습니다!"

 '대체 어떤 놈들이…….'

 가회는 북궁패를 떠올렸다.

 하지만 그는 아닐 거라 생각했다. 도주하기 바쁜 그가 전함을 공격하는 우를 범할 리는 없을 거라는 판단에서였다.

 '검가의 새로운 병력이 왔단 말인가?'

 가장 현실적인 추측이었다.

 검가의 새로운 병력이 아니면 이곳에서 자신들의 전함을 공격할 무리는 없었다.

 가회는 측근들을 향해 곧장 명령을 내렸다.

 "전함으로 간다!"

"예!"

파파팟!

황하수련의 고수들이 일제히 강 쪽으로 몸을 날릴 때, 가회의 곁으로 유령처럼 떨어져 내리는 자들이 있었다.

북궁패를 잡기 위해 나섰던 흑포인들이었다.

북궁패를 놓친 것 때문에 흑포인들은 가회를 똑바로 쳐다보지도 못했다. 그런 그들을 바라보는 가회의 눈빛이 매서웠다.

"멍청한 것들."

"……죄송합니다."

"뭘 꾸물거리는 게야! 당장 전함으로 달려가지 않고!"

"예."

가회는 바람처럼 몸을 날리는 흑포인들을 못마땅한 눈으로 쳐다보다가 이내 땅을 박찼다.

쾅!

* * *

콰지직!

"크악!"

"으악!"

연후의 잔혹한 춤사위에 황하수련의 고수들이 피를 뿜

리며 날아갔다.

 전함이라는 좁은 공간에서 혈마번은 사용할 수 없었지만 대신 월아가 최고의 효과를 발휘했다.

 근접전에 용이한 월아의 특성을 이용해 적의 중심으로 뛰어들어 작정하고 살초를 휘두르는 그를 막을 수 있는 자는 아무도 없었다.

 퍽!

 "컥!"

 월아의 송곳니가 한 청포인의 심장을 꿰뚫었다. 그 와중에 연후는 전함 곳곳에 화염을 퍼부었다.

 콰콰쾅!

 강한 서풍에 휩쓸린 화염이 전함 곳곳으로 옮겨 붙었고, 그로 인해 주변은 대낮처럼 환해졌다.

 '여긴 이 정도면 충분하고.'

 연후는 다른 전함을 돌아봤다.

 "전함이 움직이지 않는다!"

 "닻줄을 끊어라! 어서!"

 끼끼끼…….

 전함이 앞으로 나아가지 못하고 이리저리 휘청거렸다. 뒤늦게 닻이 걸렸다는 것을 인지하고는 밧줄을 끊기 위해 맹렬히 도끼질을 하고 있었다.

 연후는 갑판을 박차고 뛰어올랐다.

쾅!

쐐애액!

암기가 날아들었다.

하지만 단 한 발도 그의 호신강기를 뚫지 못하고 모조리 튕겨 날아갔다.

따다다당!

화르륵!

연후의 손을 떠난 화염이 돛대에 떨어지며 화광이 충천했다. 연후는 전함 위로 내려서지 않고 돛대의 끝을 발판 삼아 그다음 전함으로 향했다.

세 번째 전함은 그 사이에 닻줄을 끊었는지 다른 전함들을 향해 뱃머리를 돌리고 있었다.

"쏴라!"

"적이 전함으로 올라서지 못하게 해야 한다! 쏴라!"

쐐애액!

엄청난 양의 암기가 허공을 가르며 날아들었다.

연후는 방금 전과는 달리 전함 바로 앞에서 강 물속으로 뛰어들었다.

상당한 공력의 소모를 필요로 하는 호신강기와 화염공격은 만일의 사태에 대비하기 위해서라도 이제 자제해야만 했다.

풍덩!

"적이 물속으로 들어갔다!"

"놈이 올라오지 못하게 막아야 한다! 사방을 경계하라!"

황하수련의 고수들이 일사불란하게 움직였다.

그때였다.

뒤쪽 선실에서 기괴한 복장을 한 자들이 모습을 드러내더니 곧장 강물로 뛰어내렸다.

그들이 뛰어내리자 황하수련의 고수들이 함성을 질러댔다.

"물고기밥으로 만들어 버려라!"

"어떤 놈인지 모르겠지만 이제 죽은 거나 마찬가지! 물속에서 저들을 당할 사람은 천하에 없으니까 말이다! 으하하!"

"자, 적은 저들에게 맡기고 우린 다른 전함을 도우러 간다! 서둘러라!"

촤아악!

뱃머리를 다 돌린 전함이 강물을 거슬러 올라가기 시작했다.

* * *

연후는 배에 몸을 맡긴 채 잠시 숨을 골랐다.

적들의 이목을 끌기 위해 일부러 큰 공격을 퍼부은 탓

에 소모한 공력의 양이 매우 컸다. 원하는 바를 이루려면 최대한 빨리 공력을 회복해야만 했다.

그때였다.

퍼퍼퍽!

전함 반대쪽에서 뭔가 물속으로 뛰어드는 소리가 울렸다.

'드디어 움직였나 보군.'

연후는 추격전이 시작될 무렵에 강물 속으로 뛰어들던 괴인들을 떠올리며 크게 심호흡을 했다.

철컥! 철컥!

월아가 다시 송곳니를 드러냈다.

퍼퍼퍽!

연후는 월아를 이용해 전함을 찍어 가면서 일 장 정도 위쪽으로 올라갔다. 선체의 측면이 완만하게 휘어져 있던 까닭에 갑판 위에서도 이쪽을 볼 순 없었다.

그곳에서 연후는 언제 뛰어오를지 모를 괴인들을 경계했다.

마침 뱃머리를 다 돌린 전함이 빠르게 상류 쪽으로 움직이기 시작했다. 강한 서풍 덕분에 전함의 속도는 매우 빨랐고, 결과적으로 연후를 돕는 꼴이 되고 말았다.

촤아악!

연후는 전함이 만들어 낸 물살 너머를 날카롭게 살폈다.

그때였다.

촤악!

두 명의 괴인이 수면 위로 솟구쳐 올랐다. 동시에 연후의 손끝이 붉게 타들어 가는가 싶더니 다섯 줄기 혈광이 괴인들을 향해 날아갔다.

혈광은 정확하게 두 괴인을 꿰뚫었다. 적어도 연후의 눈에는 그렇게 보였다.

그런데…….

따다다당!

금속성과 함께 불꽃이 일었다.

연후가 미간을 좁힌 것은 지풍을 맞고 물 위로 떨어진 괴인들이 다시 솟구쳐 오르는 것을 보았을 때였다.

'역시 보통 옷이 아니었군.'

지풍으로는 소용이 없다는 것을 깨달은 연후는 왼손으로 몸을 지탱하며 오른손에 공력을 끌어 담았다.

우우웅.

월아의 송곳니가 청광에 휩싸여 갈 때, 바로 밑에서 튀어 오르는 자들이 있었다.

동시에 섬뜩한 기운이 연후의 하반신을 향해 날아들었다.

쐐애액!

연후는 재빨리 옆으로 몸을 피하면서 왼손으로 배의 측면을, 오른손으로는 튀어 오른 괴인들을 향해 일격을 날렸다.

퍽!

한 괴인의 머리가 월아에 의해 산산조각이 나 버렸다. 다른 괴인은 동료의 죽음에도 아랑곳하지 않고 재차 공격을 가했고, 처음 떠올랐던 두 괴인도 연후를 향해 달려들었다.

마치 동귀어진의 수법과도 같은 저돌적인 공격에 연후는 괴인들의 의도를 간파했다.

'물속으로 떨어뜨리려 하고 있다.'

찰나의 순간에 연후는 괴인들의 공격을 피하고 막아 냈다. 동시에 충격을 이용해 몸을 회전하며 한 괴인의 목을 왼팔로 감았다.

우드득!

뼈가 으스러지는 소리와 함께 괴인은 즉사했다.

연후는 괴인을 왼손으로 안은 채 위쪽으로 솟구쳐 올랐다.

그러자 이번에는 갑판에 놓여 있던 자들이 일제히 그를 향해 공격을 퍼부었다.

쐐애액!

슈아악!

꽈과광!

연후는 호신강기를 일으킴과 동시에 날아드는 검과 도를 후려치고는 다시 한번 반탄력을 이용해 뒤쪽으로 쭉 빠져나갔다.

이상한 눈빛을 지닌 자 〈109〉

그 와중에 또다시 공격이 날아들었고, 간발의 차이로 어깨 부위에 한 칼을 스쳐 맞고 말았다.
 쾅!
 연후는 갑판을 박차고 뛰어올랐다.
 쐐애액!
 암기가 뒤를 쫓아 날아들었다.
 연후는 이번에도 호신강기를 일으켜 암기를 모조리 튕겨 냈다.
 따다다당!
 그러고는 괴인의 상태를 살폈다. 아니, 정확하게 말하자면 괴인이 걸치고 있는 기괴한 옷의 상태를 살폈다.
 다행히 암기를 맞은 흔적은 없었다.
 "후욱."
 연이은 공력의 소모로 살짝 어지럼증이 올라왔지만 연후는 강물 위를 등평도수의 수법으로 내달렸다.
 물속에서 섬뜩한 움직임이 포착되었지만 그의 속도를 따라잡기란 불가능이었다.
 잠시 후, 강변으로 올라선 연후는 숲으로 뛰어들었다.
 펑펑펑!
 몇 발의 폭죽이 터지며 주변을 대낮처럼 밝혔지만 이미 연후는 숲으로 뛰어든 뒤였다.

* * *

펑펑펑!

쾌속선을 타고 강 상류로 향하던 철우와 일행들은 폭죽으로 인해 주변이 밝아지자 황급히 방향을 강변 쪽으로 틀었다.

삐이익! 삐이익!

"적들이 쾌속선을 빼앗아 타고 달아난다!"

"쫓아라!"

날카로운 호각성에 이어 강변 좌우에서 황하수련의 고수들이 맹렬이 쫓아오기 시작했다.

동방리가 외쳤다.

"배를 강 한가운데로 몰아야 해요!"

"예!"

조종을 맞고 있던 서백은 재빨리 뱃머리를 틀었다.

촤아악!

거센 서풍 덕분에 쾌속선은 상당히 빠른 속도로 북상할 수 있었지만 육지를 달리는 내가고수들의 속도에 비할 바는 못 되었다.

순식간에 강 좌우측 기슭에 황하수련의 고수들이 들이닥쳤다. 또한 다섯 척의 쾌속선들이 빠르게 쫓아오고 있었다.

"더럽게 빠르네."

서백이 혀를 내둘렀다.

똑같은 조건임에도 쫓아오는 쾌속선의 속도가 더 빨랐다. 배를 처음 몰아보는 서백이 물 위에서 잔뼈가 굵은 황하수련의 실력을 당할 순 없는 노릇이었다.

조영이 두 팔을 걷어붙이며 선미로 나섰다. 배 뒤쪽에 장력을 퍼부어 속도를 올리고자 함이었다.

하지만 철우가 제지했다.

"공력을 아껴 둬라."

"……."

동방리가 한마디 보탰다.

"여차하면 배를 버려야 할지도 모르니 공력을 아껴 두는 것이 좋아요."

"……예. 제가 생각이 짧았습니다."

"엇! 옵니다!"

검가의 고수 하나가 다급히 외쳤다.

강기슭을 따라 쫓아오던 황하수련의 고수 몇 명이 물 위를 내달리며 달려오고 있었다.

철우는 북궁패를 돌아봤다.

"좌측을 부탁합니다."

"알겠소이다."

스르릉.

북궁패가 검을 뽑아 들고는 좌측으로 나섰다. 검가의 고수 두 명이 그 옆을 맡았다.

철우는 우측을 맡았다.

조영과 동방리도 검을 뽑았다.

하지만 다른 검가의 고수들은 검을 뽑지 못했다. 공간이 워낙에 비좁았던 탓이다.

파파팟!

북궁패는 물보라를 일으키며 달려오는 황하수련의 고수들을 노려보며 살기를 뿜었다.

"어디 올 테면 와 보거라, 이놈들."

치르륵.

그의 검이 강기를 머금어 갈 때, 가장 앞서 달려오던 황하수련의 고수가 두 손을 앞으로 쭉 뻗었다.

쐐애액!

수십 개의 암기가 허공을 찢으며 날아들었다.

워낙에 가까운 거리에서 던진 암기라 모두는 일제히 호산강기를 일으켰다.

따다다당!

암기는 호신강기를 뚫지 못하고 모조리 튕겨 날아갔다. 동시에 한 줄기 검강이 북궁패의 검을 떠났다.

번쩍!

검강은 정확하게 암기를 던진 자를 꿰뚫었다. 적어도

북궁패의 눈에는 그렇게 보였다.

하지만…….

깡!

황하수련의 고수는 북궁패가 날린 검강을 막아 내고 뒤로 훌쩍 날아갔다. 대신 다른 자들이 앞으로 나서며 다시 암기를 퍼부었다.

쐐애액!

또다시 검막과 호신강기를 일으켰고, 이번에도 모조리 튕겨 날아갔다.

따다다다당!

불꽃이 반사되며 동방리의 얼굴을 하얗게 물들였다. 그녀의 커다란 눈동자가 가늘게 흔들렸다.

"저들은 천천히 우리의 힘을 빼며 소모전으로 몰고 갈 생각이에요! 다들 공력을 최대한 아끼도록 하세요!

그녀는 뒤를 돌아봤다.

다섯 척의 쾌속선이 어느새 오십 장 안쪽까지 쫓아오고 있었다.

'위험해.'

3장
해왕의 찬란한 등장

해왕의 찬란한 등장

 동방리의 말처럼 황하수련은 거의 두 식경에 덜쳐 최대한 거리를 둔 채 암기 공격만 퍼부었다.
 아직 암기에 당한 사람은 없었다.
 하지만 반복되는 방어에 공력의 소모가 커지는 건 피할 수 없었다.
 공격 범위가 워낙에 넓어서 검막만으로는 모든 암기를 쳐 낼 수 없었기에 호신강기는 필수였고, 그것이 공력 소모의 주된 원인이었다.
 그 와중에도 쾌속선은 빠르게 강물을 거슬러 올라갔다. 여전히 강력한 서풍 덕분이었다.
 하지만 뒤를 쫓아오는 상대의 쾌속선과의 거리는 점점 좁혀졌다.

서백이 외쳤다.

"교대 좀 합시다!"

검가의 고수가 서백을 대신하여 선미로 빠졌다. 서백은 활을 내려 시위에 살을 메겼다.

타앙! 쐐애액!

"크악!"

"으악!"

두 명의 적이 물속으로 처박혔다.

서백은 좌우를 가리지 않고 화살을 날렸다. 대수롭지 않게 여겼다가 두 명이 꼬꾸라지자 다른 자들은 호신강기를 펼치며 검을 휘둘러 날아드는 화살을 후려쳤다.

퍽!

"크아악!"

"끄악!"

화살이 폭발하며 파편을 뒤집어쓴 자들이 또다시 물속으로 처박혔다.

덕분에 좌우에서 암기를 퍼붓던 자들이 뒤쪽으로 물러서면서 모두는 공력의 소모를 일시적으로나마 덜 수 있었다.

"젠장."

서백의 입에서 당혹성이 터졌다. 화살이 몇 발 남지 않은 탓이었다.

그때였다.

"물속에 뭐가 있습니다!"

조영이 다급하게 외쳤다.

뒤이어 그가 검을 뽑아서는 물속을 향해 내리찍었다.

푹!

손목까지 물속을 파고들었지만 검 끝을 통해 전해진 건 아무것도 없었다.

쿵! 쿵!

"엇!"

선체 아래쪽에서 충격이 올라왔다.

배가 흔들릴 정도는 아니었지만 보이지 않는 물속에서 뭔가 벌어지고 있다는 것에 모두는 초조함을 감추지 못했다.

냉철한 철우도 이 순간만큼은 당혹감을 감추지 못했다. 물 위라면 모를까, 물속이라면 딜리 빙법이 없었다.

자신은 물론이고, 배 위에 타고 있는 누구도 수공에 무지했기 때문이다.

'어쩔 수 없다. 싸워도 육지에서 싸울 수밖에.'

결국 철우는 육지로 올라가기로 마음을 먹고는 북궁패를 향해 나지막이 외쳤다.

"좌측 강변으로 배를 돌려야겠소."

"알겠소."

철우와 같은 생각을 하고 있었던 북궁패는 조종을 맡고 있던 검가의 고수를 향해 소리쳤다.

"좌측 강변으로 빠진다!"

"예!"

"전투를 준비해라!"

검가의 고수들이 검파에 손을 얹으며 비장한 표정을 지었다. 그 와중에도 물속에서의 충격은 계속 이어지고 있었다.

쿵! 쿵!

그러며 십 장쯤 나아갔을까?

쩌적!

기음과 함께 배가 한차례 크게 휘청거렸다. 뒤이어 빠르게 한쪽으로 기울기 시작했다.

"놈들이 배에 구멍을 낸 것 같습니다!"

철우는 배와 강변까지의 거리를 가늠해 보았다.

대략 삼십 장 정도. 북궁패와 몇몇을 제외한 나머지 검가의 고수들은 한 번 도약으로 결코 넘을 수 없는 거리였다.

"조영!"

"예?"

"장력을 이용해 배의 속도를 높인다!"

"알겠습니다!"

철우와 조영은 재빨리 선미로 나아가 뒤쪽 강물을 향해 장력을 퍼붓기 시작했다.

퍼퍼퍼펑!

그러자 배의 속도가 훨씬 빨라지면서 순식간에 강변과의 거리가 십오 장 정도로 좁혀졌다.

모두는 뛰어내릴 준비를 했다.

하지만 이미 그곳에는 수십 명에 달하는 황하수련의 고수들이 기다리고 있었다.

철우는 장력을 퍼붓는 걸 멈추고 검을 뽑았다.

스르릉.

조영도 서백도 동방리도 검을 뽑았다.

북궁패가 그들의 곁으로 다가왔다.

"미안하오. 괜히 우리 때문에……."

"벌써 포기했소?"

"……."

"아니면 나약한 말 따윈 하지 마시오."

순간 북궁패는 철우에게서 연후의 모습을 보았다. 마치 연후가 자신을 나무라는 것 같은 착각도 들었다.

철우는 동방리를 돌아봤다.

"조심하셔야 합니다."

"부탁 하나 할까요?"

"하십시오."

"철우 님이 저 때문에 소극적이지 않았으면 해요. 그냥 제가 없다 생각하고 본연의 모습대로 무자비하게 적들을 물리쳐 주세요."

"……."

동방리의 눈동자에 서려 가는 강렬한 의지를 읽은 철우는 애써 흐릿하게 웃어 주었다.

"알겠습니다."

그때였다.

슈아악!

모두의 머리 위에서 강력한 파공성이 일었다. 뒤이어 엄청난 크기의 뭔가가 머리 위를 지나 하류 쪽으로 날아갔다.

쾅!

이십 장 안쪽까지 쫓아왔던 황하수련의 쾌속선 한 척에서 폭음과 함께 불꽃이 일었다.

"크악!"

"으아악!"

불꽃에 휩싸인 자들이 처절한 비명과 함께 강물로 떨어져 내렸다.

슈아악!

쾅쾅!

뒤를 이어 또 다른 쾌속선에도 똑같은 현상이 벌어졌다.

"뭐지?"

모두는 두 눈을 휘둥그레 치뜨며 강 상류 쪽으로 고개를 돌렸다.

* * *

자칭 해왕 남곤은 화염이 휩싸여 가는 황하수련의 쾌속선들을 응시하며 코웃음을 쳤다.

"흥! 안 그래도 그 호로 잡놈의 새끼 때문에 열불이 뻗쳐 죽을 맛이었는데 잘 걸렸다, 개새끼들."

호로 잡놈의 새끼가 누군지는 그만이 알 뿐이었지만 황하수련를 바라보는 그의 얼굴은 자신감이 넘쳤다.

"계속 퍼부어라!"

"예!"

팅! 팅! 팅!

고래를 잡을 때나 쓰일 것 같은 거대한 살이 연신 허공을 가르며 날아갔다. 살의 끝에는 시커먼 구슬이 여러 개 달려 있었는데, 꼬리처럼 튀어나온 심지에서 불꽃이 튀고 있었다.

쾅쾅!

두 발이 다시 황하수련의 쾌속선을 명중했지만 두 발은 빗나가 물속으로 떨어졌다.

그것을 본 남곤의 눈에서 불꽃이 일었다.
"똑바로 쏘지 못하겠느냐!"
"바람이 너무 강해서 명중률이 떨어질 수밖에 없습니다!"
"멍청한 놈들! 강바람이 아무리 강해 봤자 대해의 폭풍만 할까! 집중해서 똑바로 쏘지 못하면 모조리 대갈통을 부셔 놓을 것이다!"
"예!"
남곤은 수중의 술병을 입으로 가져갔다.
벌컥벌컥!
"그 개자식한테 우리가 어떤 사람들인지 똑똑히 보여주고야 말 것이다."
그 개자식은 또 누굴까.
남곤은 검을 뽑아 들고는 전방을 가리키며 소리쳤다.
"저놈들도 침몰시켜라!"
그의 검이 가리킨 것은 철우등이 타고 있던 쾌속선이었다.
그때였다.
남곤의 두 눈이 한껏 커졌다.
강물 위를 엄청난 속도로 달려오는 서백을 발견한 것이다.
"저자가 왜 이곳에……."
촤아악!
쾅!
서백이 남곤의 앞에 떨어져 내렸다.

씨익.

"당신이 이렇게 반가울 때도 있었네."

"……."

남곤은 서백과 황하수련의 쾌속선들을 번갈아 응시하며 송아지처럼 눈만 끔벅거렸다.

"자세한 건 나중에 말하기로 하고, 저기 저 배는 우리 편이 타고 있으니 공격하지 마세요."

"그, 그러지요……."

콱!

서백은 남곤의 어깨를 잡았다.

"고마워요, 해왕. 나중에 술 한잔 거하게 쏠 테니 멋지게 싸워 주세요."

해왕이라는 말에 남곤의 표정이 싹 변했다.

사실 지금껏 수하들 말고는 자신을 해왕이라 불러 준 사람은 거의 없었다.

화르륵.

남곤의 눈에서 불꽃이 일었다.

뒤이어 입꼬리가 쭉 찢어지며 송곳니가 드러났다.

씨익.

"민물고기는 생선 취급도 않는 우리요. 하물며 이따위 허접한 강에서 노는 저런 놈들쯤은 한 입 거리도 아니니 걱정 마시오."

"그럼 부탁합니다."

꽝!

서백은 다시 강물로 뛰어내렸다.

그러고는 물 위를 날아가는 제비처럼 쾌속선을 향해 달려갔다.

마침 상황을 가늠한 쾌속선이 뱃머리를 상류 쪽으로 틀고 있었다. 하지만 배에 구멍이 뚫려 물이 차들어 가고 있는 상황이라 속도는 더딜 수밖에 없었다.

그래도 최악은 면했다는 생각에 서백은 물 위를 달리며 가슴을 쓸어내렸다.

조금만 늦었더라면 배를 포기하고 적들이 바글거리는 육지로 뛰어내려야만 했을 터였다.

'해적들이 제대로 점수를 따겠구나.'

슈아악!

서백은 머리 위를 지나 엄청난 속도로 날아가는 거대한 살들을 응시했다.

'명중해라!'

쾅! 쾅!

그의 바람대로 살은 보기 좋게 명중했다.

치솟는 화염이 서백의 얼굴과 동공을 붉게 물들였다. 그런 그의 동공에 물 위로 뛰어내리는 동방리의 모습이 선명하게 맺혔다.

씨익.

'조금 전에는 꽤 멋졌습니다, 가주님.'

그때였다.

동방리의 바로 앞에서 물기둥이 치솟았다. 물기둥 속에 숨어 있는 시커먼 그림자를 본 서백은 두 눈을 부릅떴다.

퍽!

"크악!"

부릅떠진 서백의 눈동자에 맺힌 것은 상체와 하체가 분리되어 떨어지는 참혹한 광경이었다.

암습을 막아 낸 동방리는 멀쩡했다.

서백은 다시 한번 가슴을 쓸어내리며 그녀를 향해 엄지손가락을 치켜세웠다.

"뭐해요! 얼른 와서 돕지 않고!"

"……!"

* * *

쾅쾅쾅!

난데없는 폭음에 가회의 미간이 한껏 일그러졌다. 적이 탈취한 것으로 추정되는 쾌속선을 추격하던 아군의 배가 화염에 휩싸여 가는 것을 본 것이다.

콰쾅!

"크악!"

"으악!"

화염을 뒤집어쓰고 물속으로 뛰어드는 수하들의 모습은 가회를 분노하게 만들었다. 그런 가회의 시선은 자연스럽게 강 상류를 향했다.

그때 누군가 외쳤다.

"북부무림의 깃발입니다!"

"뭐라?"

가회는 믿지 않았다.

북부무림에 수군이 있다는 소리는 들어 본 적이 없었다. 하지만 그의 측근은 다시 큰소리로 외쳤다.

"틀림없는 북부무림의 깃발입니다!"

"교전을 허락해 주십시오, 군사!"

가회의 미간이 더욱더 일그러졌다.

이제는 단순히 북궁패를 쫓고 말고의 문제가 아니었다. 저 배들이 정말 북부무림의 수군이라면 교전을 벌이는 것만으로도 전쟁의 도화선이 될 수도 있는 문제였다.

'검가와 충돌한 현시점에서 북부까지 적으로 만들 순 없다.'

가회의 장점 중 하나는 냉철함이었다.

눈앞의 피해에 연연하지 않고 미래를 위해 물러설 줄도 아는 인물이었다.

또한 뭔가를 결정할 때 시간을 오래 끌지 않는다는 점도 그의 장점 중 하나였다.

바로 지금처럼.

"퇴각하라!"

"군사! 아군이 상당한 피해를 입었습니다! 한데 물러서라니요! 이럴 순 없습……."

격하게 반대하던 측근이 더는 말을 잇지 못했다. 가회의 우수가 그의 심장을 꿰뚫은 것이다.

퍽!

"네까짓 게 뭘 안다고."

* * *

물속에서부터 튀어나온 상대의 허리를 베어 버린 동방리.

그런 그녀를 향해 튀어 오르는 자가 있었다.

허공에서 한 차례 공격을 퍼부은 탓에 균형을 잡기조차 힘들었던 동방리로서는 크나큰 위기에 직면했다.

그때 그녀의 뒤쪽에서 한 줄기 검강이 날아들었다. 검강은 물기둥 속에 숨어 솟구쳐 오르던 자의 가슴을 정확하게 꿰뚫었다.

퍽!

"크악!"

고개를 돌린 동방리의 두 눈에 철우의 모습이 선명하게 맺혔다.

철우가 소리쳤다.

"무시하고 곧장 달려야 합니다!"

"알겠어요!"

파파팟!

동방리는 모든 공력을 끌어올려 경공술을 펼쳤다. 다행히 지금껏 힘을 아껴 둔 덕분에 물 위를 평지처럼 달릴 수 있었다.

슉!

물속에서 검이 튀어 올라왔다.

검은 간발의 차이로 동방리의 다리를 스치고 지나갔고, 철우가 검이 튀어 오른 곳을 향해 일검을 날렸다.

푹!

촤아악!

두 개의 물기둥이 치솟았다.

그 속에서 두 줄기 섬뜩한 기운이 철우를 향해 날아들었다.

파팡!

철우는 수면을 발판 삼아 허공으로 솟구쳐 올랐다.

그러자 자연스럽게 상대의 모습이 드러났고, 마침 배를

버리고 뛰어내리던 북궁패가 그중 한 명의 허리를 베었다.
 퍽!
 "크억!"
 다른 한 명의 정수리에서 피가 튀었다.
 "개새끼들이 감히! 퉤!"
 조영이었다.
 철우가 고맙다는 눈빛을 보내자, 조영은 이를 드러내며 씩 웃고는 동방리의 뒤를 쫓아 강물 위를 달려 나갔다.
 그때였다.
 "으악!"
 "크윽!"
 검가의 고수 두 명이 비명과 함께 물속으로 사라졌다. 동료들이 손을 뻗었지만 소용이 없었다.
 그 와중에 쾌속선은 뱃머리만 남긴 채 물속으로 가라앉고 있었다.
 검가의 고수들은 혼신의 힘을 다해 상류 쪽으로 달렸다. 하지만 몇 명은 십 장도 채 가지 못하고 물속으로 빠져들었다. 공력이 부족한 까닭이었다.
 그들은 어김없이 괴인들의 먹잇감이 되었다. 북궁패가 그들을 돕기 위해 움직이려 했지만 그 역시도 공격을 받고 있어 발이 묶이고 말았다.
 "으악!"

또다시 한 명이 비명과 함께 물속으로 사라지자 북궁패는 무력감에 입술을 깨물었다. 이가 파고든 입술에서 피가 뚝뚝 떨어질 때였다.

"이것을 발판 삼아 움직이시오!"

뒤쪽에서 카랑카랑한 외침이 울렸다.

동시에 널찍한 판자 몇 개가 북궁패를 비롯한 검가의 고수들을 향해 미끄러지며 다가왔다.

검가의 고수들이 판자를 이용해 상류 쪽으로 훌쩍 뛰어올랐다. 그들을 쫓아 튀어 오르던 적 두 명이 철우와 북궁패에 의해 목이 날아갔다.

퍼퍽!

"크악!"

"으아악!"

반사적으로 돌아간 북궁패의 두 눈에 남곤의 모습이 비수처럼 박혀들었다.

남곤이 그를 향해 으르렁거렸다.

"날 쳐다볼 시간이 있으면 그만 거치적거리고 냉큼 올라가시오!"

그러고는 물속으로 사라지는 남곤이었다. 그를 쫓아 열 명가량의 해적이 물속으로 사라졌다.

그 와중에 검가의 고수들은 판자를 이용해 위험 지역을 벗어날 수 있었지만 이미 상당한 피해를 입은 상태였다.

철우는 판자 위에 서서 물속을 경계했다.

서백이 다른 판자를 타고 내려와 그의 옆에 섰고, 북궁패도 수하들이 안전하게 남곤의 배 위로 올라간 것을 확인하고는 자리를 지켰다.

부글부글.

물속에서부터 몇 차례 기포가 올라왔다. 뒤이어 피가 번져 나가자 서백이 굳은 표정으로 중얼거리듯 말했다.

"여긴 바다가 아니라 강인데 해적들이 놈들을 과연 감당할 수 있을까요?"

"지켜보자."

그때였다.

둥둥둥!

하류 쪽에서 북소리가 요란하게 울렸다. 뒤이어 철우 등을 쫓아오던 황하수련의 배들이 뱃머리를 돌리는 것이 보였다.

굳어졌던 서백의 얼굴이 밝아졌다.

"놈들이 물러갑니다!"

철우도 나지막이 숨을 내쉬었다.

보글보글.

곳곳에서 다시금 기포가 올라왔다. 그리고 숨 몇 번 고를 시간이 지났을 때, 남곤이 수면 위로 머리를 내밀었다.

"푸아!"

그와 함께 뛰어들었던 해적들이 뒤를 이어 여기저기서 머리를 내밀었다.

서백은 재빨리 머릿수를 파악했다.

'이런…….'

수면 위로 머리를 내민 해적은 남곤을 포함하여 다섯 명에 불과했다.

"어서 오르세요!"

뒤에서 동방리의 목소리가 울렸다. 어느새 전함이 지척까지 다가와 있었다.

북궁패가 가장 먼저 전함으로 뛰어올랐다.

철우와 서백은 남곤과 해적들이 다가올 때까지 판자 위에서 기다렸다.

잠시 후, 남곤과 해적들이 전함 위로 올라섰다. 철우와 서백은 그들이 다 올라서는 것을 확인한 뒤에야 몸을 날렸다.

"빌어먹을."

쾅!

남곤이 발로 갑판을 강하게 굴렀다.

수하들을 잃은 탓일까? 부릅뜬 눈이 벌겋게 충혈되어 있었다.

철우는 남곤을 향해 다가갔다.

남곤이 그를 향해 말했다.

"그런 눈으로 쳐다보지 마시오! 비록 다섯이 죽었지만…… 우리도 그만큼 죽였소."

남곤은 참담한 심정이었다. 자존심도 상했다.

물속에만큼은 세상에서 최고라 자부했건만 다섯이나 죽었다. 하물며 자신과 함께한 전투였다.

"수고했소."

"……."

"오늘의 이 빚은 결코 잊지 않겠소."

남곤은 눈빛을 떨었다.

저 얼음장 같은 철우가 이런 말을 하다니.

쓰라린 속이 조금은 나아지는 것 같았다. 참담함도 조금은 가시는 것 같았다.

"군영으로 모시겠소."

* * *

잠시 후 모두는 상류로 뱃머리를 돌렸다.

조영과 서백이 선미에 나란히 서서 여전히 화염에 휩싸인 채 타들어 가고 있는 황하수련의 전함을 바라봤다.

조영이 미간을 좁히며 중얼거리듯 말했다.

"놈들이 왜 물러갔을까요?"

서백은 대답 대신 손가락을 세워 하늘을 가리켰다. 정확하게 말하면 전함의 돛대에서 펄럭이고 있는 북부무림을 상징하는 철혈대번(鐵血大幡)이었다.

"정말 저 깃발을 보고 물러간 걸까요?"

"검가와 전쟁 중인 상황에서 우리 북부까지 적으로 돌릴 순 없었을 겁니다."

"아……."

"아무리 그대로 그런 상황에서 퇴각을 결정한다는 게 결코 쉽지가 않았을 텐데…… 황하수련의 군사라는 자가 소문보다 더 냉철한가 봅니다."

"냉철이고 뭐고, 그냥 우리 북부가 무서워서 도망쳤다고 생각합시다. 난 그래야 속이 풀릴 것 같소. 빌어먹을 새끼들!"

서백이 씩 웃었다.

"당연하죠. 똑같은 철혈대번이라도 서북을 병합한 지금은 느낌부터가 다를 겁니다. 만약 우리가 서북을 병합하기 이전이었다면 황하수련은 결코 물러가지 않았을 겁니다."

* * *

가회는 속속 복귀하는 수하들을 지켜보며 눈빛을 가라

앉혔다.

 비록 확전을 우려해 어쩔 수 없이 퇴각을 결정했지만 북궁패를 쫓고 있었던 수하들이 제발 북궁패를 죽였기를 기대하고 있었다.

 최선은 사로잡는 것이었지만 그것까지 바랄 순 없는 상황이었다.

 얼마가 흘렀을까?

 한 괴인이 가회의 앞으로 다가와 머리를 조아렸다.

 "죄송합니다. 북궁패를…… 놓쳤습니다."

 파르르…….

 가회의 눈빛이 가늘게 흔들렸다. 뒤를 따라오는 괴인의 숫자가 얼마 되지 않음을 확인한 것이다.

 "너희가 전부란 말이냐?"

 "최초 전함을 공격했던 자가 너무 강했습니다. 그자를 쫓다기 특급대원들이 목숨을 잃었습니다. 그리고 쾌속선에 타고 있던 자들도 하나같이 고수였습니다. 게다가 막판에 괴상한 놈들이 나타나는 바람에……."

 괴인은 말끝을 흐리며 입술을 깨물었다.

 그는 마지막 순간에 난데없이 나타나 자신들과 수중전을 벌였던 자들을 떠올렸다.

 하나같이 놀라울 정도로 강력한 자들이었는데, 특히 한 명은 자신도 감히 승패를 장담할 수 없을 만큼 강력한 수공을 지니고 있었다.

그는 바로 말을 이었다.

"북부무림에 저희와 동등한 수준의 수공을 익힌 자들이 있었습니다."

"닥쳐라!"

"……."

가회의 눈에서 살광이 일었다.

모두는 마른침을 삼키며 가회를 주목했다. 여기서 그가 폭발하면 괴인은 목숨을 잃게 될 터였다.

하지만 다행스럽게도 그런 일은 벌어지지 않았다. 괴인은 죽이기에는 너무나도 아까운 인물이었고, 누구보다 가회가 아끼는 자였다.

"고개를 들어라."

"……."

"너희들이 완전한 상태가 아님을 알면서도 작전에 투입을 한 내 잘못이다. 하니 미안해할 거 없다."

"전 대원이 하루빨리 특급 반열에 오를 수 있도록 하겠습니다. 다시는 오늘과 같은 결과는 일어나지 않을 것입니다."

"돌아간다."

가회가 돌아섰다.

그때 화염에 휩싸였던 전함 두 척이 굉음과 함께 물속

으로 가라앉았다.

가회는 쓰라린 속을 애써 진정시켰다.

그러고는 홀로 전함 두 척을 저렇게 만들어 놓은 연후를 떠올리며 살기를 머금었다.

'북궁패는 실패했지만 그놈만큼은 반드시 죽이고야 말 것이다.'

최초 북궁패를 사로잡으라고 보냈던 흑포인들이 연후를 쫓아갔다. 물론 가회도 흑포인들도 자신들이 쫓는 자가 연후라는 사실을 꿈에도 모르고 있었다.

'오늘은 도대체 되는 일이 없구나.'

가회는 없던 두통마저 올라오는 것 같았다.

뭔가 제대로 될 것 같더니 꼬여도 단단히 꼬여 버렸다. 피해는 또 얼마나 막대한가.

그렇더라도 북궁패만 사로잡았다면 모든 피해를 감수하고노 남았을 텐데 그것미지 실패하고 말았다. 만약 쾌속선에 북궁패가 타고 있다는 것을 조금만 더 빨리 알았더라면 흑포인들을 그쪽으로 투입했을 것이다.

하지만 북궁패가 쾌속선에 타고 있음을 알았을 땐, 흑포인들이 이미 연후를 쫓아 사라진 뒤였다.

"후우……."

가회는 길게 숨을 토하며 치미는 살기와 분노를 억누르려 노력했다.

* * *

촤아악!

전함은 서풍에 힘입어 상당한 속도로 나아갔다.

위기는 모면했지만 분위기는 침통했다. 검가의 피해가 극심했기 때문이다.

선미에 서 있는 동방리의 얼굴도 잔뜩 굳어 있었다.

"하아……."

꽃잎 같은 입술이 벌어지며 짙은 한숨이 흘러나왔다. 동방리는 점점 멀어지는 전장에서 눈을 떼지 못한 채 연후를 걱정했다.

그의 능력을 믿었지만 무사한 모습을 보기 전까지는 결코 안도할 수가 없었다.

"걱정 마십시오. 주군은 무사하십니다."

뒤에서 철우의 목소리가 울렸다.

동방리는 애써 표정을 고쳤다. 철우가 그녀의 곁에 나란히 서며 말을 이었다.

"이보다 더한 것도 헤쳐 나오신 분입니다. 하니 그만 들어가셔서 좀 쉬도록 하십시오."

"조금만 더 있다가 들어갈게요."

철우는 무어리 말을 하려다가 조용히 놀아서서 선실로

들어갔다.

휘이잉!

서풍이 동방리의 전신을 매섭게 할퀴고 지나갔다. 동방리는 시야를 어지럽히는 머리카락을 쓸어 올리기 위해 손을 얼굴로 가져갔다.

그러다가 한순간 멈칫했다.

어둠을 가르며 날아드는 뭔가가 있었다.

'사…… 람?'

날아드는 물체가 사람이라 확신한 동방리는 재빨리 검을 뽑았다.

챙!

"나요."

"……!"

휘리릭!

동방리는 자신의 앞에 떨어져 내리는 연후를 확인하고는 눈빛을 떨었다.

"어디 다친 곳은 없소?"

"다친 곳은…… 없으세요?"

"내가 먼저 물었소."

"전 괜찮아요."

"나도 괜찮소."

그때였다.

"주군!"

선실 문이 열리고 철우를 비롯한 모두가 우르르 몰려나왔다.

철퍼덕!

연후는 어깨에 메고 있던 뭔가를 갑판 위로 던졌다. 그것을 허리를 숙여 살펴본 서백의 눈이 동그래졌다.

"이건 놈들이 입고 있던 옷이 아닙니까?"

"송영에게 보여 줘야 하니 조심해서 다뤄라."

철우가 물었다.

"처음부터 이것을 원하셨던 겁니까?"

연후는 묵묵히 고개를 끄덕였다.

"우리에게 필요할 것 같아서."

그때 남곤이 다가왔다. 머리를 조아리는 모습이 마지못해 하는 기색이 역력해 보였다.

철우가 말했다.

"이번에 해왕의 도움이 컸습니다."

연후는 남곤을 직시했다.

남곤은 고개를 들었다가 시선이 마주치자 다시 슬며시 숙였다.

"황하수련의 수공이 천하제일이라는 거, 알고 있소?"

"인정 못하⋯⋯ 겠습니다!"

남곤이 고개를 발딱 쳐들었다.

시선이 마주쳤지만 이번에는 피하지 않았다.

"우리가 강에서 노는 것이 생소해서 그렇지, 조금만 익숙해지면 그깟 놈들쯤은 생선 껍질 벗기듯 벗겨 버릴 수 있습니다!"

연후는 남곤을 잠시 직시하다가 선실로 향했다. 그러다가 문 앞에 이르러 한마디 했다.

"같이 술 한잔하겠소?"

4장
황태, 다시 움직이다

황태, 다시 움직이다

해적들이 남곤을 이상한 눈으로 쳐다봤다.

선실에서 연후와 술자리를 갖고 나선 이후로 실성을 한 사람처럼 실실 웃어 대더니 앞으로 주군을 대할 때 성심성의를 다할 것을 몇 번에 걸쳐 주문하기도 했다.

포상이라도 받았냐는 질문에 마땅히 해야 할 일을 했는데 포상을 바라서야 쓰겠냐며 되레 호통을 치는 부분에서는 몇몇 해적은 정말 미친 게 맞는 것 같다며 탄식하기도 했다.

한편 연후는 서서히 가까워지는 군영을 바라보며 미간을 좁혔다.

생각보다 진척률이 저조했던 까닭이다.

그는 남곤을 불러 물었다.

"왜 아직 저 정도밖에 짓지 못했소?"

"물속에 기둥을 세우는 일이 생각보다 어렵습니다. 강한 물살을 이겨 내려면 처음부터 튼튼하게 세워 놓는 것이 중요한데 그 부분만 끝내면 군영을 세우는 건 일도 아닙니다."

"필요한 건 없소?"

"없…… 있습니다."

"말해 보시오."

"강에 최적화된 전함을 더 만들어야 하는데, 인력이 부족해서 나무와 철 같은 재료를 구하는데 시간이 너무 걸리고 있습니다. 이백 명 정도만 지원을 해 주신다면 여섯 달 안에 전함 스무 척은 거뜬히 만들 수 있습니다."

연후는 묵묵히 고개를 끄덕이고는 군영 주변을 둘러보았다.

군영은 강을 가운데 두고 서로를 마주 보는 형태로 지어지고 있었는데, 그 뒤쪽에 숲이 나 있고, 숲 뒤쪽으로는 드넓은 초지가 펼쳐져 있었다.

"저곳에 막사를 치면 천 명 정도는 충분히 머물 수 있겠군."

"예?"

"천 명을 지원하라 할 테니 최대한 속도를 내도록 하시오. 그렇다고 대충 하진 말고."

"천 명…… 감사합니다! 감사합니다, 주군!"

"내 말 다 안 끝났소."

"아, 예."

연후는 바로 말을 이었다.

"천 명은 일이 끝나면 돌아가는 게 아니라 당신 휘하에 둘 생각이오. 그들을 잘 훈련시켜 바다가 아닌 강에서도 황하수련을 능가하는 수군을 만들어 보시오."

"……!"

남곤은 두 눈을 부릅떴다.

천 명이나 휘하에 들어온다니.

"자신 없소?"

"……자신 있습니다!"

남곤은 가슴이 벅차 목소리마저 갈라졌다. 연후는 그런 남곤의 어깨에 손을 얹으며 말을 이었다.

"앞으로 수전 하면 천하의 모두가 해왕 남곤이라는 이름을 가장 먼저 떠올리게 만들어 보시오."

"……!"

철우가 한마디 거들었다.

"충분히 가능할 겁니다."

"……!"

남곤은 아무 말도 할 수 없었다. 가슴이 쿵쿵 뛰고 목이 꽉 막히면서 눈시울까지 붉어졌다.

그런 남곤의 머릿속에 어젯밤 술자리에서 연후가 했던 말이 웅웅거렸다.

이제 해적 집단의 두목이 아니라 우리 북부의 수군 총사로서 제대로 한번 살아 봐야지 않겠소.

해적으로서의 자부심이 하늘을 찔렀던 남곤이다. 또한 해왕으로서 더 큰 꿈도 있었다.
하지만 연후에게서 그 말을 들었을 때 요동치는 심장을 한동안 진정시킬 수가 없었다.

아들은 조금 더 강한 고수가 될 때까지 충분한 수련을 거친 후에 수군에 합류시킬 생각이오. 직위는 총사가 알아서 정하면 될 거요. 물론 아들이라고 해서 처음부터 너무 높은 자리는 곤란하겠지만.

이어진 그 말에 남곤은 밤잠을 설쳤고, 떠오르는 아침 해를 바라보며 맹세했다.
'그래. 목숨보다 더 소중한 내 아들을 위해서라도 이제부터 제대로 된 삶을 살아 보는 거다.'
맹세를 하니 세상이 달라 보이기 시작했다. 지금껏 마음속으로 수천 번은 더 찢어 죽인 연후도 완전히 다른 느낌으로 다가왔다.

남곤은 갑주를 걸치고 수하들을 호령하며 전함을 지휘하는 아들 남호의 모습을 떠올려 보았다.

그러자 눈물이 핑 돌았다.

'그래. 그놈만큼은 해적이 아니라 모두가 존경하고 우러러보는 그런 사람이 되어야지.'

쿵!

남곤은 갑판에 이마를 찧었다. 이마가 찢어져 피가 흘렀지만 연후는 그냥 가만히 내려다보았다.

남곤도 아무 말을 하지 않았다.

쿵쿵쿵!

남곤의 수하들도 덩달아 갑판에 이마를 찧는 바람에 막 선실을 나서던 동방리는 화들짝 놀랐다.

뒤를 따라나서던 서백과 조영도 두 눈이 휘둥그레졌다.

"이마 다 깨졌네. 쯧쯧쯧."

* * *

검가와 황하수련이라는 돌발 요소 때문에 어쩔 수없이 잠시 추격을 중단했던 황태는 다시 북쪽을 향해 움직이기 시작했다.

이제 그를 따르는 자의 수는 스무 명 정도.

황태는 그들을 모두 돌려보내고 홀로 간밤에 치열한 전투가 벌어졌던 강변을 따라 북쪽으로 향했다.

강기슭 곳곳에 걸려 있는 시신과 타다 만 쾌속선의 잔해가 간밤의 전투가 얼마나 치열했는지를 여실히 보여 주고 있었다.

"사, 살려 주시오."

전방에서 채 숨이 끊어지지 않은 부상자가 황태를 향해 손을 뻗으며 허우적거렸다. 복장을 보니 황하수련 소속임에 틀림없었다.

황태는 그를 무시하고 지나쳤다.

그렇게 얼마나 더 걸었을까? 또다시 부상에 신음하는 자들이 있었다. 그런데 이번에는 황하수련이 아니라 검가의 복장을 하고 있었다.

황태는 그냥 지나치려다가 숲 너머에서 전해지는 기척에 슬며시 숲으로 몸을 숨겼다.

잠시 후, 수풀을 헤치며 나서는 흑포인들이 있었다. 그들은 숲을 나서기가 무섭게 신음하던 검가의 고수들에게 다가갔다.

"어젯밤 너희를 도와준 놈들이 누구냐."

"누, 누구요."

"저승사자."

"으악!"

"크악!"

한 흑포인이 한 명의 목을 가차 없이 베어 버리고는 또 다른 한 명의 목에 피 묻은 검을 갖다 대었다.

"실토하지 않으면 이놈의 목을 벨 것이다."

"부, 북부의 주군…… 이었소."

"뭣이? 정말 북부의 주군이었단 말이냐?"

"그, 그렇소."

누구보다 놀란 것은 숲에서 지켜보던 황태였다.

놓친 줄로만 알았던 연후의 흔적을 여기서 찾게 될 줄은 생각조차 못했었다.

한 흑포인이 검가의 부상자들을 일검에 죽이고는 다른 자들을 돌아보며 말했다.

"북부의 주군이 북궁패와 함께 이동하고 있다. 배를 타고 이동하고 있으니 경공술을 펼쳐 뒤를 쫓으면 금방 따라잡을 수 있을 것이다."

"북부의 주군이라면 생각을 달리해 봐야 할 문제입니다. 군사께서는 그자가 북부의 주군인 줄 모르고 우리더러 쫓으라고 한 게 아니겠습니까."

"그렇습니다. 북부의 개입을 우려해서 북궁패까지 포기하신 군사인데 우리 마음대로 북부의 주군을 노리는 것은 너무 위험한 것 같습니다."

"이대로 돌아가면 우린 모두의 비웃음거리가 되고 말 것이다. 그래도 빈손으로 돌아가겠느냐?"

"하지만 상대가……."

"그 문제는 우리가 황하수련임을 감추면 될 일이니 걱정할 것도 없다. 그리고 이 시점에서 우리 손으로 북부의 주군을 처치한다면 우리의 미래는 탄탄대로가 될 것이다. 이보다 더 좋은 기회가 또 언제 올지 모르는데, 그래도 그냥 빈손으로 돌아가겠느냐?"

"……."

마음이 동한 것일까?

반대하던 자들의 표정과 눈빛이 변했다.

"우리가 힘을 합치면 세상에 죽이지 못할 자는 없다. 설사 그 와중에 몇 명이 죽더라도 거사를 성공만 한다면 살아남은 자와 우리의 가문은 지금껏 가져 보지 못한 영화를 누리게 될 것이다."

"하면 목표를 북궁패가 아니라 북부의 주군으로 완전히 바꾸는 것입니까?"

"물론이다."

"좋습니다."

"제 생각이 잠시 짧았습니다. 하면 어서 가시지요."

휘익.

누군가 휘파람을 불사 난데없이 하늘에 독수리 한 마리

가 나타났다.

끼아악!

독수리는 흑포인들의 머리 위를 빙빙 돌다가 이내 북쪽을 향해 날아올랐다.

지켜보던 황태의 눈빛이 묘하게 변했다.

그는 북쪽으로 사라지는 흑포인들을 응시하다가 숲을 나섰다.

황태는 흑포인들의 뒤를 쫓아 움직였다.

일단은 뒤만 쫓을 생각이었다. 하지만 저들이 연후를 공격할 때까지 내버려 둘 생각은 추호도 없었다.

이 세상에서 연후를 죽일 사람은 반드시 자신이어야 했다.

'수적 따위가 감히 누구 마음대로…….'

* * *

연후는 수중전에서 입은 부상을 치료했다.

가벼운 자상에 불과했기에 구태여 치료까지 할 필요는 없다고 생각했으나, 상처가 덧날 수도 있다며 동방리가 나서는 바람에 어쩔 수 없이 그녀에게 몸을 맡긴 연후였다.

"통증은 좀 어떠세요?"

"견딜 만하오."

"딱지가 앉을 때까지 가급적 움직임을 자제하시고 술도 절대 드시면 안 돼요. 아셨죠?"

"알겠소."

동방리는 환부에 금창약을 바르고 천으로 단단히 동여맸다. 연후는 그런 그녀를 무심히 바라보다가 한 가지를 물었다.

"수중괴인 한 놈을 죽였다고 들었소. 혹시 이번에 새롭게 익히기 시작한 초식을 사용했소?"

"아뇨. 그건 아직 실전에서 쓸 엄두가 나질 않아 저번에 가르쳐 주신 초식을 사용했어요."

연후는 이 부분에서 황하수련의 괴인들이 모두가 하나같이 강한 것은 아님을 알 수 있었다.

자신이 상대했던 자들은 적어도 물속에서만큼은 무서울 정도로 강했었다. 동방리를 무시하는 것은 아니지만 그녀의 실력으로 일검에 두 동강이 날 자들은 결코 아니었다.

그때 연후는 살짝 말려 올라간 동방리의 소맷자락 사이로 손목에 하얀 천이 감겨져 있는 것을 보았다.

"다쳤소?"

"그때 그자를 베면서 충격을 좀 받았는데 걱정할 정도는 아니에요."

이건 온전히 공력의 영역이었다. 공력이 약하면 이처럼 상대의 반격이 없이 충격만으로도 부상을 당할 수가 있었다.

"이제 철혈가로 가실 건가요?"

"그래야 할 것 같소. 너무 오랫동안 자리를 비웠소. 그리고 육손, 녀석의 상태도 좀 봐야 할 것 같고……."

"하면 언제 떠나세요?"

"오늘 저녁에 바로 올라가도록 합시다."

"그럼 그때까지 좀 쉬세요. 잠도 좀 주무시고요."

"알겠소."

동방리가 나가자 연후는 침상에 몸을 눕혔다.

하지만 잠을 청하지는 않았다. 잠이 들어 봤자 또 악몽에 시달리다 깰 것이 분명하니 그냥 생각을 정리할 시간을 가졌다.

그러다가 남곤을 떠올리고는 피식 웃었다.

놈들을 상대로 물 밖이 아니라 물속에서 싸우더군요.

철우로부터 그 말을 듣고는 적잖이 놀랐다.

지금껏 남곤을 그저 해적쯤으로 여기고 있었는데, 설마 하니 그 정도의 실력자일 줄이야.

연후는 수군 총사로 임명하겠다는 말에 자신을 바라보

던 눈빛까지 변하던 남곤을 떠올리며 옅은 미소를 머금었다.

아들 남호를 거론했을 때 눈시울까지 붉히던 모습을 생각하면 이제 확실히 믿어도 될 것 같았다.

'꽤 도움이 되겠군.'

그때였다.

밖에서 가벼운 기척이 흘러들었다.

"가주, 북궁패입니다."

"들어오시오."

북궁패가 문을 열고 들어섰다.

연후는 그가 왜 찾아왔는지 대충 짐작했다.

"돌아갈 생각이시오?"

"예. 이제 어느 정도 위험은 사라졌으니 본 가로 돌아가 봐야 할 것 같습니다."

"위험이 사라졌다고 보시오?"

"……예?"

"추격전 와중에 이상한 자들을 봤소. 그들은 본대와 따로 움직이며 오직 공의 뒤만 쫓는 것 같았소. 만약 그들이 물러가지 않고 여전히 공의 뒤를 쫓고 있다면 돌아가는 길이 아주 위험해질 거요."

"살수 따위가 두렵진 않습니다."

"공은 그럴 테지만 다른 무사들은 그렇지 못할 거요.

이전처럼 공을 살리기 위해 스스로 목숨을 끊는 무사가 나오길 바라지 않는다면 함께 북부까지 올라갔다가 돌아가도록 하시오."

"……."

북궁패의 낯빛이 굳어졌다. 추격전 와중에 자신의 발목을 잡지 않기 위해 스스로 목숨을 끊은 수하들은 그에게 크나큰 상처로 남아 있었다.

연후는 그걸 알면서도 일부러 그 부분을 꼬집었다. 이대로 북궁패가 떠나면 위험하다고 판단했기에 이렇게라도 말리고 싶었다.

"혹시 공과 무사들을 돕다가 황하수련과 척을 진 것이 미안해서 그러는 것이오?"

"솔직히 그 부분이 많이 걸립니다. 황하수련은 과거 서북의 영토와도 광범위하게 얽혀 있지 않습니까."

"신경 쓰지 마시오. 또한 염려할 것도 없소. 건가가 공격을 중단하지 않는 한, 황하수련은 절대 그 일을 두고 트집을 잡지 못할 거요."

"그렇긴 합니다만 황하수련의 수장 우문적은 종잡을 수 없는 인물이라……."

연후는 북궁천의 표정에서 진심을 읽을 수 있었다.

그는 자신과 만난 이후 지금껏 과할 정도로 공손한 태도를 보여 주고 있었다. 단순히 큰 도움을 받아서만은 아닌 것 같았다.

'천성이 바른 사람이다.'

그래서 북궁패가 마음에 들었고, 그가 안전하게 돌아가기를 바랐다.

"술이나 한잔하시겠소?"

"좋습니다."

그때였다.

[술은 안 된다고 했잖아요.]

"……."

"아무래도 술보다는 차가 좋겠소. 오후쯤에 떠나야 해서 말이오."

"아, 예."

* * *

황금궁(黃金宮).

세상 사람들은 황금상단의 총단을 이렇게 부르곤 한다. 이름처럼 어지간한 나라의 궁에 맞먹는 규모를 자랑했고, 특히 왕적이 머무는 본채의 규모와 화려함은 가히 천하에서 으뜸이라 할 만했다.

"내가 어떻게 해서 일군 이곳인데……."

창을 통해 밖을 내다보는 왕적의 눈빛이 꽤 복잡해 보

였다.

 백야벌에서 연후를 독살하려다가 되레 당하고 돌아온 이후 그는 혈가의 누구와도 접견을 거부한 채 거처에서 한 걸음도 나서지 않고 있었다.

 처음에는 분노를 주체하지 못할 지경이었다.

 빼앗긴 재산을 돌려받는 것은 고사하고, 일천만 냥이라는 어마어마한 배상액에 휴전 조약까지 체결하면서 복수도 물 건너가 버렸다.

 이 이상의 굴욕은 없을 처참한 결과였다.

 '놈을 너무 쉽게 본 걸까? 아니면 처음부터 내가 감당할 수 없는 산이었을까. 만약 후자라면 이런 식으로는 곤란한데……..'

 왕적을 괴롭히고 있는 것은 이후 황금상단이 걸어가야 할 노선을 어떻게 가져가느냐는 것이었다.

 천하 최고의 부는 이미 오래전에 이룩했다. 그러나 그것만으로 야망을 채우기에 부족했기에 혈가와 손을 잡고 무림패권까지 도모하고자 했었다.

 하지만 연이은 실패와 엄청난 피해, 거기에 아들의 죽음까지 더해지면서 왕적의 내면은 급속도로 흔들리고 있었다.

 피와 죽음으로 대변되는 무림은 상인인 당신에게 어울

리지 않소. 본분이 뭔지 잘 생각해 보고 이후에 어떻게 살아갈 것인지를 다시 결정하는 게 좋을 거요.

그리고 마지막으로 경고하는데, 추후 한 번만 더 우리 북부와 충돌하게 된다면 그땐 당신이 이룩한 모든 게 무너지는 것을 두 눈으로 똑똑히 보게 될 거요.

백야벌에서 독대했을 때 연후가 한 말이었다.

그때는 단순히 자신에게 모욕감을 주려 했던 것이라 여기며 허투루 흘려버렸는데, 시간이 흐르며 이성을 되찾게 되자 그 말의 의미를 다시 곱씹어 보게 되었다.

'천하 최고의 부를 이룩한 것만으로도 충분히 위대한 삶이라 할 수 있는 것을……. 지나친 야망 때문에 이것까지 잃어버린다면 죽어서도 눈을 감지 못할 것이다.'

한 번 흔들리기 시작한 내면은 걷잡을 수가 없는 지경에 이르러 있었다.

하지만 무림패권이라는 야망을 버리고 상단 본연의 길을 걷고자 한다면 또 하나의 크나큰 걸림돌부터 넘어야 했다.

그것은 바로 혈가와의 관계를 끊는 것이었다.

'관계를 끊자고 하면 결코 가만있을 자가 아닌데…….'

왕적은 적혼을 떠올렸다.

그는 아주 무서운 인물이었다.

관계를 끊자고 했을 때 그가 순순히 받아들일지가 의문이었다.

그리고 어찌어찌 관계를 정리한다고 해도 이후 적대적인 관계로 돌아서기라도 하는 날에는 혹을 떼려다가 더 큰 혹을 붙이는 꼴이 될지도 모를 일이었다.

그렇다면 여기서 왕적이 믿을 언덕은 백야벌의 장로원주 서문회뿐이었다.

그리고 또 한 사람.

대지존 소무백을 구워삶는 것이었다.

비록 서문회 때문에 허수아비에 불과하다지만, 상징적인 의미만으로도 혈가로부터의 위험을 막아 줄 수 있는 인물이 소무백이었다.

"무슨 생각을 그리 깊게 하십니까?"

왕적의 뒤에 서서 조용히 바라만보고 있던 중년인이 조심스럽게 물었다.

왕적은 먼 곳에 시선을 던져 놓은 채로 입을 열었다.

"이쯤에서 본연의 삶으로 되돌아가는 것은 어떠할까? 지금보다 더한 부를 이룩한다면 그 역시 천하가 우러러볼 위대한 대업이 아니겠느냐."

"그게 무슨……."

"무림패권, 그것을 포기하면 어떠할까를 묻는 것이다."

"단주!"

중년인이 놀라 두 눈마저 부릅떴다.

왕적은 나지막이 한숨을 내쉬며 말을 이었다.

"취할 수 없는 꿈이라면 더 늦기 전에 버려야지 않겠느냐. 하나뿐인 아들놈까지 잃었는데, 무림패권을 차지해 본들……."

왕적은 말끝을 흐렸다.

요즘 들어 죽은 아들 왕호가 자꾸 꿈에 나와 피눈물을 흘리곤 했다. 아버지 때문에 자신이 죽었다며 원망하는 아들의 꿈을 꾸고 나면 하루 종일 아무것도 할 수가 없었다.

어쩌면 그래서 더 흔들리는 것일 수도 있었다.

놀람을 감추지 못했던 중년인이 조심스럽게 말을 이었다.

"상단 본연의 일에 집중하시겠다면 그리하시면 될 일입니다. 다만 그러자면 혈가와의 관계부터 정리를 해야 할 텐데…… 결코 쉽지가 않을 것입니다."

"방법이야 찾으면 될 일이 아니겠느냐."

"하면 완전히 마음을 정하셨는지요?"

왕적은 무겁게 고개를 끄덕였다.

"내 욕심 때문에 상단까지 잃어버릴 순 없지 않겠느냐."

"알겠습니다. 하면 속하가 방법을 찾아보도록 하겠습니다."

"오직 너만이 알고 있어야 한다. 알겠느냐?"

"예, 단주."

중년인이 물러가자 왕적은 크게 심호흡을 하며 눈빛을 가라앉혔다. 아무에게도 말할 수 없었던 속내를 털어놓으니 오히려 속이 시원해지는 것 같았다.

왕적의 머릿속에 다시 연후의 얼굴이 떠올랐다.

'그래도 너는 용서하지 못한다. 무당파를 품은 이상 너는 내 아들을 죽인 원수와 다름없다. 무력이 아니더라도 너와 너희 북부를 무너뜨릴 방법은 얼마든지 있으니 이제부터 내가 아니라 네가 나를 두려워해야 할 것이다, 이연후.'

* * *

중원의 모처.

등촉이 혈가의 가주 적혼의 얼굴을 붉게 물들였다.

탁!

찻잔을 내려놓는 손길이 평소와 다르게 거칠어 보이자 마주 앉아 차를 마시던 중년인이 고개를 들어 적혼을 응시했다.

적혼과 쌍둥이라 해도 과언이 아닐 만큼 닮아 있는 그는 바로 적혼의 동생이자 혈가의 이인자인 적운(赤雲)이라는 인물이었다.

"이번 달 지원금이 아직까지 들어오지 않았다고 하였느냐?"

"예. 벌써 닷새가 넘었습니다. 지금껏 한 번도 이런 적이 없었는데…… 혹시 몰라 왕 단주에게 무슨 일이 벌어진 건 아닌지 확인을 해 보라 지시를 해 두었습니다."

적혼의 검미가 더욱더 날카롭게 휘어졌다.

황금상단이 매달 보내오는 지원금. 그것이 아직 들어오지 않았다는 보고를 오늘 아침에야 받았다.

물론 늦을 수 있다 생각하고 대수롭지 않게 여길 수도 있었지만, 최근 들어 왕적이 보인 행동을 생각하니 왠지 느낌이 좋지 않았다.

'백야벌에서 무슨 일이 있었기에…….'

사실 왕적은 백야벌을 다녀와 곧장 적혼과 만나기로 약속이 되어 있었다.

그러나 왕적은 아무런 말도 없이 황금궁으로 돌아가 버렸고, 지금껏 아무런 기별조차 보내오지 않고 있었다. 평소 약속을 목숨처럼 중히 여기는 왕적임을 생각하면 결코 있을 수 없는 일이었다.

적운이 조심스럽게 입을 열었다.

"황하수련 쪽에서 보낸 사자가 형님을 뵙기를 며칠째 간청하고 있습니다."

"아직도 돌아가지 않았단 말이냐?"

"돌아가라 했지만 기어코 뵈어야겠다며 저러고 있습니다. 그만큼 검가와의 충돌을 중요하게 보고 있다는 것이 아니겠습니까."

"황하수련이 우리에게 바라는 것은 하나뿐. 동맹까지는 아니더라도 병력을 지원해 주면 그에 대한 보답을 하겠다고 나오겠지."

"그럴 테지요. 하지만 다른 뭔가가 있을지도 모르니 한번 만나 보시는 것이 어떻겠습니까."

적운의 말에 적혼은 말없이 찻잔을 기울였다.

적운이 말을 이었다.

"왕적은 믿을 수 없는 자입니다. 차라리 이때를 이용해 새로운 자금줄을 확보하는 것도 나쁘지 않을 것 같습니다."

"황하수련을 말하고 싶은 것이냐?"

"예. 항금상단을 제외하면 대륙상단뿐인데, 그곳은 백야벌의 직접적 영향을 받고 있으니 대안이 될 수 없습니다. 하면 황하수련밖에 없지 않겠습니까. 팔대가문 중에서도 가장 막대한 부를 축적한 곳이니까요."

적혼은 묵묵히 고개를 끄덕였다.

사실이었다. 황하수련은 팔대가문 중에서도 가장 막대한, 황금상단에 필적할 정도의 부를 축적한 것으로 알려져 있었다.

적혼은 잠시 침묵을 지켰다.

그러다 찻잔을 마저 비우고는 입을 열었다.

"그냥 돌려보내거라."

"……."

"개입해선 안 될 전쟁이다. 개입을 하는 순간 검가라는 대적을 만들 게 될 터. 검가가 다른 곳과 어떤 관계인지 모르는 상황에서 섣불리 나설 순 없다. 하물며 황하수련은 결코 함께해선 안 될 곳이니라."

"형님의 뜻이 그러하시다면 돌려보내도록 하겠습니다."

"지금 당장."

"알겠습니다."

적운이 자리를 떴다.

적혼은 습관적으로 찻잔을 잡으려다가 차를 다 마신 것을 깨닫고는 창가로 걸어가 창문을 열어젖혔다.

덜컹.

창밖은 절경이었다.

숲을 뚫고 솟아오른 수많은 전각들, 그 위에 달이 떠오르고 있었다.

적혼은 칼날처럼 날카롭게 휘어진 초승달을 응시하며 미간을 좁혔다.

'혈옥을 여는 것이 우선이다. 누군지 모르나 그 안에 있는 모든 것을 다 취하지는 못했을 터. 하면 내가 그것들을 취해 가문의 비전절예를 완성시켜야 한다. 대업의 첫걸음은 그다음부터 시작할 것이다.'

휘이잉.

칼바람이 적혼의 얼굴을 할퀴고 지나갔다.

뒤이어 아무것도 없는 빈 공간에서 한 줄기 음성이 흘러들었다.

"주군, 속하입니다."

"무슨 일이냐."

"혈옥을 나서는 자를 봤다는 목격자를 찾았습니다."

팟!

적혼의 두 눈이 기광을 번뜩였다.

"지금 어디 있느냐."

"아이들이 데려오고 있으니 늦어도 이틀 후면 도착할 것 같습니다."

적혼의 입꼬리가 말려 올라갔다.

그토록 기다렸던 목격자를 찾았다니. 왕적 때문에 날카로워졌던 속내가 싹 풀리는 순간이었다.

"혈옥을 여는 일은 어떻게 되어 가고 있느냐?"

"아직 첫 관문조차 뚫지 못했다고 합니다."

"목격자를 만난 다음 본 좌가 직접 혈옥으로 갈 것이다. 그리 알고 준비하도록 하거라."

"존명."

바람과 함께 흐릿한 기척이 멀어지자 적혼의 입꼬리가 다시 말려 올라갔다.

'목격자라······.'

* * *

해왕 남곤에게는 특별한 능력이 하나 더 있었다.

바로 배를 만드는 능력이었다.

대형 전함부터 속도에 중점을 둔 쾌속선까지, 그의 손길이 거쳐 가면 세상에 둘도 없을 완벽한 배로 탄생했다.

연후와 일행들은 남곤이 직접 제작을 한 소형 전함을 타고 북쪽으로 향하는 중이었다.

촤아악!

아무리 소형이라도 전함이라는 특성상 무게가 많이 나가기 때문에 속도가 떨어질 수밖에 없는데, 특이하게도 연후를 태운 소형 전함은 쾌속선에 맞먹는 속도를 자랑했다.

철우가 전함의 속도에 감탄했다.

"해왕은 여러모로 도움이 될 자인 것 같습니다. 이 크기로 이렇게 빨리 나가는 배는 처음입니다."

연후는 고개를 끄덕여 수긍했다.

이틀은 족히 걸릴 거리가 남았지만 이런 속도라면 하루면 충분히 도달할 것 같았다.

"약 드세요."

동방리의 목소리에 연후는 바로 선실로 들어갔다.

철우는 그 모습을 지켜보며 묘한 웃음을 지었다. 마침 서백이 밖으로 나서다가 철우를 발견하고는 다가왔다.

"무슨 좋은 일이라도 있습니까?"

"없다."

"좋은 일도 없는데 왜 미소를 짓습니까?"

"내가 언제 웃었다고."

"방금 웃었잖아요. 그러지 말고 무슨 일인지 말씀 좀 해 주시죠."

"입꼬리가 간지러워서 그런 거니 그만 귀찮게 굴어라."

"정말 아무 일도 없습니까?"

"한 대 맞으면 믿겠느냐?"

"아닙니다."

재빨리 뒤로 한 걸음 물러서는 서백이었다.

그런데 그가 한 손에 작살을 들고 있었다. 복장도 평소 걸치던 무복이 아니라 연후가 갖고 왔던 황하수련의 기괴한 옷을 입고 있었다.

철우가 미간을 좁히며 쳐다보자 서백은 작살을 흔들어 보이며 씩 웃으며 말했다.

"주군께서 이 옷의 효능을 직접 확인해 보라고 하셨습니다. 확인하는 김에 물고기도 좀 잡아서 구워 먹으려고요."

"옷 상하지 않게 조심해라."

"그럼요."

팡! 풍덩!

갑판을 차고 오른 서백이 곧장 강물 속으로 사라졌다. 흥미가 동한 철우는 서백이 뛰어든 곳을 내려다보기 위해 고개를 내밀다가 문득 이상한 느낌이 들어 강변 너머의 숲을 응시했다.

싸아아.

바람에 흔들리는 숲 주변을 날카롭게 살폈지만 어디에도 특이한 점은 없었다.

철우는 미간을 좁혔다.

'분명 뭔가 움직였는데…….'

* * *

손겸(孫兼)은 황하수련의 군사 가회의 심복이며, 적 세력의 요인 암살을 위해 조직된 특수부대의 수장이다.

추적 도중 자신들이 쫓던 자가 북부의 주군이라는 사실을 알아낸 손겸은 추적 하루 만에 연후 일행이 타고 있는 전함을 찾아냈다.

전함에 검가의 고수들까지 타고 있는 까닭에 손겸은 연후가 전함에서 내려 육로로 이동할 때까지 뒤를 쫓을 생각이었다.

사사사.

수풀을 헤치며 전함과 속도를 맞춰 가고 있던 손겸은 갑판 위로 나서는 철우와 서백을 발견하고는 재빨리 몸을 숨겼다.

'보통 놈들이 아니다.'

손겸은 혹독한 수련을 통해 발달된 자신의 감각을 철저히 믿었다.

손겸은 손을 들어 수하들을 멈추게 했다.

그러고는 전함이 꽤 멀어진 후에 모습을 드러내었다. 전함이야 언제든 따라잡을 수 있으니 굳이 바짝 따라붙어 움직일 이유는 없었다.

"너는 먼저 올라가서 강폭이 좁아지는 곳을 찾아보도록 하거라."

"예."

"너희 두 명은 강 맞은편으로 넘어가 전함을 쫓다가 신호를 주면 그때 합류한다."

"알겠습니다."

세 명의 흑포인이 각각 전방과 강 건너편으로 움직였다.

수하 한 명과 남은 손겸은 물주머니를 꺼내어 목을 축였다.

홀로 남은 수하가 물었다.

"철혈가까지 이틀 정도 남았습니다. 그 안에 기회를 잡지 못하면 어떡합니까?"

"이틀이 아니라 하루다."

"예?"

"전함의 속도를 계산해야지."

"아……."

손겸은 물주머니를 허리에 차며 말을 이었다.

"시간은 의미가 없다. 어차피 전함으로 뛰어드는 것은 자살행위나 다름없다. 철혈가는 강에서 꽤 떨어진 곳에 있으니 놈이 육로를 통해 이동할 때까지 뒤만 쫓는다."

"지금이라도 군사께 보고를 올려야지 않겠습니까?"

"그만하라고 했을 텐데."

"하지만……."

"군사의 질책이 두려운 것이냐? 아니면 우리만으로 불가능하다 생각하는 것이냐."

"둘 다 아닙니다. 다만 저는……."

"날 걱정하는 것이면 그럴 필요 없다. 오직 이연후, 놈의 목을 벨 때를 상상하며 움직이고 행동해라."

"돌아가신 호법님 때문입니까?"

순간 손겸의 눈에서 살광이 터졌다.

뒤이어 그는 혈광을 머금은 손으로 수하의 목을 움켜쥐었다.

콱!

"네놈이 죽고 싶은 모양이구나."

"절 죽여도…… 결코 원망하지 않을 겁니다. 다만 복수심 때문에 판단력이 흐려지신 것 같아…… 걱정되어 드리는 말씀입니다."

"……."

손겸은 한 차례 눈빛을 떨고는 수하의 목을 놓아주었다.

"난 지극히 냉철하게 판단하여 움직이고 있었다. 이런 내가 불안하다면 돌아가도 좋다."

"제가 그럴 리 없다는 걸 잘 아시지 않습니까. 다시 말씀드리지만 전 죽어도 상관없으나 전주님이 잘못되실까 걱정되어……."

"그만."

"……알겠습니다. 전주님의 뜻이 그러하시다면 따르겠습니다. 죄송합니다. 괜한 오지랖으로 심려를 끼쳐 드렸습니다."

"되었으니 뒤로 가서 좀 쉬도록 해."

"예."

숲 뒤쪽으로 물러가는 수하의 뒷모습을 바라보는 손겸의 눈빛이 음울하게 가라앉았다.

사실 그의 친형 손건이 연후의 이간계에 걸려 목숨을 잃었다. 그 후로 연후를 죽일 날만 기다리며 복수심을 불태웠던 손겸이었다.

'군사께 알리면 확전을 우려해 작전 포기를 지시하실 텐데…… 절대 그럴 순 없지.'

손겸은 끓어올랐던 살기를 억누르며 전함을 바라봤다. 그사이에 전함은 까마득한 곳까지 올라가 있었다.

'놀랍구나. 저 정도 크기로 저렇게 빨리 움직일 수가 있다니…….'

황하수련에는 대형 전함을 포함해 수백 척의 전투선이 있지만 저렇게 빠른 속도를 가진 전투선은 본 적이 없었다.

손겸이 미간을 좁힐 때였다.

"엇?"

뒤쪽에서 나지막한 경악성이 터졌다.

손겸이 뒤를 돌아봤다.

"무슨 일이냐?"

"우리 뒤쪽에서 강을 건너가는 자를 보았습니다."

"뭐라?"

"조금 전에 동료들이 건너간 쪽으로 사라졌는데…… 아무래도 느낌이 좋지가 않습니다."

손겸은 수하들이 건너간 강 맞은편을 응시하며 눈빛을 가라앉혔다.

"따라오너라."

손겸은 곧장 강으로 뛰어들었다.

그리고 물보라를 일으키며 수면 위를 내달렸다. 그리고 강기슭에 올라서려 할 때, 숲 너머에서 한 줄기 비명이 터졌다.

"으악!"

쾅!

땅을 박차고 뛰어오른 손겸은 비명이 터진 곳으로 쏜살처럼 날아갔다.

잠시 후 손겸은 수하들을 발견하고 지상으로 내려섰다. 한 명이 피를 흘리며 쓰러져 있었고, 다른 한 명이 그를 부둥켜안은 채 손겸을 돌아봤다.

손겸은 피를 흘리는 수하의 코에 손가락을 갖다 대고는 눈빛을 떨었다. 수하는 이미 숨이 끊어진 상태였다.

"어떻게 된 일이냐."

"저희를 노리는 놈이 있습니다. 전함을 쫓아 움직이는데 난데없이 뒤에서 달려들어 이 친구를 죽이고 사라졌습니다."

"아무것도 해 보지 못하고 당했단 말이냐?"

"상대의 기척을 느꼈지만…… 너무 빨라서 어떻게 할

도리가 없었습니다."

손겸의 눈빛이 더욱더 무겁게 가라앉았다.

수하들은 일당백의 정예들이었다. 그런 그들이 기척을 느끼고도 손을 쓰지 못할 정도였다면, 상대는 엄청난 고수라는 것을 의미했다.

'도대체 누가 우리를……'

첫 번째로 의심이 드는 건 북부였다.

그다음은 제삼의 인물이었다.

손겸의 머릿속이 혼란스럽게 변해 갈 때, 오십 장쯤 뒤쪽에서 소리 없이 강을 넘어가는 자가 있었다.

황태였다. 그는 손겸이 있는 곳을 응시하며 안광을 번뜩였다.

'이쯤에서 겁을 집어먹고 돌아가라. 너희들이 살길은 그것뿐이다.'

펄럭.

황태의 소맷자락 일부가 바람에 나풀거리더니 이내 허공으로 날아올랐다.

일격에 숨통은 끊었지만 상대의 본능적인 반격에 소맷자락을 베이고 만 것이다.

죽음을 목전에 둔 상황에서 움츠러들지 않고 반사적으로 반격을 가한다는 건 고도의 수련을 거친 자만이 할 수 있는 영역이었다.

하지만 황태는 상대의 실력을 결코 인정하지 않았다. 소맷자락을 베였다는 것조차 그는 용납할 수 없었다.

'방심했을 뿐이다.'

황태는 빠르게 북상했다.

이미 모든 것을 지켜봤던 그였기에 흑포인 하나가 북쪽으로 떠난 것을 알고 있었다.

황태는 그마저 죽임으로써 흑포인들이 더는 자신을 방해하지 못하게 할 생각이었다.

파파팟!

황태가 지나간 곳의 수풀이 거꾸로 휘어졌다. 그리고 지척의 강물 속에서 조용히 머리를 내미는 사람이 있었다.

서백이었다.

작살에 큼지막한 물고기 한 마리를 꿰고 올라선 서백은 기광을 품은 두 눈으로 좌측 강변의 흔들리는 수풀을 응시하다가 이내 전방을 바라봤다.

이미 전함은 한참 위쪽에 가 있었다.

서백은 다시 좌측 강변으로 시선을 돌렸다. 그러고는 물속으로 다시 사라졌다.

* * *

철우는 선미에 서서 서백이 오기를 기다렸다.

배가 서백이 입수한 곳으로부터 너무 멀리까지 온 탓에 아무래도 염려되지 않을 수 없었다.

'배를 멈춰야 하나?'

그렇게 생각할 때, 바로 앞에서 기포가 올라오더니 서백이 머리를 쑥 내밀었다.

철우는 적잖이 놀랐다.

서백은 갑판 위로 훌쩍 뛰어올랐다.

"여기까지 잠영으로 쫓아온 거냐?"

"예. 제가 원래 못하는 것이 없잖습니까. 그리고 이 옷이 아주 죽여줍니다. 똑같은 힘을 써도 속도가 최소 두 배는 더 빨라지더군요. 공력까지 더하면 거의 뭐 말을 탄 거나 마찬가지라고 봐도 무빙할 것 같습니다. 그런데 형님."

철우는 서백의 눈빛이 묘하게 변하는 것을 보며 미간을 좁혔다. 무슨 일이 없으면 이런 표정을 짓는 법이 없는 서백이었다.

"우리를 쫓는 놈들이 있습니다."

"혹시 좌측 강변이었느냐?"

"알고 있었습니까?"

"조금 전에 그쪽에서 뭔가를 본 것 같아서 이상하다 싶었는데 역시 그랬군."

"수풀이 휘어지는데 소리가 나지 않았습니다. 그 정도

경공술이라면 어마어마한 놈이 따라붙었다는 거겠죠?"

철우는 묵묵히 고개를 끄덕였다.

초상비(草上飛)는 특별하다 할 수도 없는 경공술이다. 하지만 수풀이 휘어지고 소리까지 나지 않는다면 얘기는 달라진다.

최소한 초절정 이상을 밟은 자들만이 할 수 있는 영역이었다.

"우리를 쫓고 있다면 기척을 감추기 위해서라도 전력을 다하지는 못할 터. 그럼에도 그 정도 수준의 경공술을 펼치고 있다면……."

"듣고 보니 더 엄청난 놈들이 따라붙은 것 같군요."

"주군께는 내가 말씀드릴 테니 옷부터 갈아입어라. 그나저나 물고기는 고작 그게 전부냐?"

"죄다 조막만 한 놈들밖에 없어서요. 아니, 그런데 지금 물고기 타령을 할 때입니까? 엄청난 놈이 우리를 쫓아오고 있잖습니까."

"그래서 뭐."

"……."

"빨리 옷이나 갈아입어."

"예."

서백은 선실로 향하다가 피식 웃으며 머리를 긁적였다.

'내가 지금 무슨 쓸데없는 걱정을…….'

　　　　　　＊　＊　＊

　연후와 철우가 마주 앉았다.

　선실 한쪽에서는 동방리가 환부에 바를 약초를 빻고 있었다.

　철우는 서백으로부터 들은 것을 전했다.

　연후의 반응은 무덤덤했다.

　"어떡할까요."

　"그냥 내버려 둬."

　"예?"

　"앞으로는 이런 일이 일상이 될 텐데 그때마다 일일이 다 반응하면 성가셔서 어떻게 살겠느냐. 무시할 건 무시해 버려."

　"본가까지 쫓아와도 내버려 두실 겁니까?"

　"그럼 얘기는 달라지지."

　"하면……."

　"본가까지 쫓아오면 어떤 놈인지 확인 정도는 해 봐야겠지."

　철우는 찻잔을 기울이는 연후에게 더는 말하지 않았다. 그때 환복을 한 서백이 들어섰다.

　"시험을 해 봤는데 이거 정말 끝내주는 물건입니다."

서백은 시험의 결과를 늘어놓았다.

연후는 무덤덤했지만 뒤에서 약초를 빻고 있던 동방리는 두 눈을 크게 치뜨며 놀라워했다.

서백이 씩 웃었다.

"한 칼 맞은 보람이 있으시겠습니다."

빡!

"큭!"

철우의 주먹이 서백의 뒤통수에 작렬했다.

철우가 물었다.

"송영, 그녀석이 과연 이 물건과 똑같이 만들어 낼 수 있을까요?"

"녀석 혼자가 아니다."

"예?"

"현진이 도와주면 그것보다 더 뛰어난 것을 만들어 낼 거라 믿는다."

"아……."

철우는 고개를 끄덕였다. 현진을 잠시 잊고 있었던 것이다.

'현진 선생의 능력이라면…….'

서백이 두 눈을 휘둥그레 치떴다.

"와! 이것보다 더 뛰어난 건 정말이지 상상이 가질 않습니다. 만약 성공만 한다면 대박도 그런 대박이 없을 텐데 말입니다."

그때 동방리가 일어섰다.

그녀가 다가오자 약향이 진하게 퍼져 나갔다.

"약초를 발라야 하니 바로 앉으세요."

"그럴 필요 없소."

"예?"

"이미 다 나았소."

연후는 환부를 동여맸던 천을 끌렀다. 아직 딱지가 앉을 때도 되지 않았는데, 환부는 흐릿한 상흔만 남아 있었다.

"내가 회복력이 좀 좋은 편이오."

"아무리 회복력이 좋아도……."

동방리는 믿을 수가 없었다.

이 정도 회복력은 불가사의(不可思議)라 해도 과언이 아닐 터였다.

불신으로 두 눈이 동그래졌던 동방리의 표정이 서서히 변했다. 그러더니 연후를 쳐다보며 아미를 곱게 찡그렸다.

"그럼 그렇다고 미리 말씀을 해 주셨어야죠. 아까운 약초만 버렸잖아요."

"……."

연후는 순간 말문이 막혔다.

동방리가 약초를 들고 늘어와 빻기 시작할 테부터 별생

각 없이 그저 지켜봤을 뿐이었다.

한편 철우와 서백은 서로를 쳐다봤다.

[주군이 잘못하신 것 같은데요?]

[우린 그만 나가는 게 좋겠다.]

[아무래도 그게 좋겠습니다.]

그때였다.

"보기에는 멀쩡해도 미약한 통증은 남아 있으니 약초를 바르는 게 도움이 되지 않겠소."

연후의 그 말이 돌아서려던 철우와 서백의 발길을 붙들어 맸다.

[주군께서 거짓말을 다 하시네요. 누가 봐도 멀쩡한데 말입니다.]

[…….]

[혹시 일부러 한칼 맞으신 건 아니겠죠?]

퍽!

철우의 발이 서백의 엉덩이에 꽂혔다.

"뭐해. 빨리 나가서 잡은 물고기를 손질해야지."

밖으로 나선 철우의 입가에 흐릿한 미소가 걸려 있었다. 서백이 그것을 보고는 물었다.

"아니, 아까부터 왜 자꾸 실실 웃으십니까?"

"실실?"

"……!"

팟!
서백이 바람처럼 선미로 날아갔다.
철우는 선실을 돌아보며 다시 흐릿하게 웃었다.
"한참 늦긴 하셨지. 후후후."

5장

왠지 느낌이 좋다

왠지 느낌이 좋다

파르르…….
손겸은 눈빛을 떨었다.
강 상류를 살펴보라고 보낸 수하가 몸과 목이 분리된 채로 나뒹굴고 있었다.
흔들리는 그의 두 눈이 향한 곳은 수하의 시신 뒤쪽 나무였다.

이연후를 포기하고 돌아가라. 아니면 너희 모두를 죽일 것이다.

'감이 어떤 놈이…….'
손겸은 분노와 당혹감에 어금니를 악물었다.

뭘 해 보지도 못하고 두 명을 잃었다. 상대가 누군지도 모른다.

그런데 상대는 자신들이 이연후를 노리고 있다는 것까지 알고 있었다.

당혹스러운 것은 두 명을 잃어버림으로써 최후의 한 수로 준비하고 있었던 검진을 이용한 합공을 펼칠 수 없게 되었다는 점이었다.

손겸으로서는 연후를 죽일 수 있는 가장 강력한 한 수를 잃어버린 셈이었다.

'빌어먹을……'

꽈악!

아문 손겸의 입술에서 피가 뚝뚝 떨어졌다.

직언을 마지않던 흑포인은 그런 송겸을 안타까운 눈으로 바라보며 입술을 달싹거렸다.

지금이라도 말려야 했다. 아니면 자신들은 물론이고 손겸마저 죽게 될 터였다.

결국 그는 죽기를 각오하고 입을 열었다.

"군자의 복수는 십 년이 걸려도 늦지 않는 법이라고 했습니다. 저희들이 더 강해지도록 노력하겠습니다. 더 뛰어난 자들을 골라 빈자리를 메우도록 하겠습니다. 하니 훗날을 도모하십시오, 전주."

손겸은 반응하지 않았다.

흑포인이 다시 입을 열려고 할 때, 다른 흑포인이 그를 돌아보며 고개를 저었다.

흑포인은 입을 다물었다.

그때 손겸이 돌아섰다. 살기로 들끓을 것 같던 두 눈이 뜻밖에도 깊게 가라앉아 있었다.

"너희들은 여기서 돌아가라. 가서 내가 쫓는 자가 이연후라는 것을 군사께 말씀드려라."

"전주!"

"만약 내가 돌아가지 못한다면 훗날 너희들이 이연후, 놈의 목을 베어다오."

"……!"

쾅!

땅을 박차고 오른 손겸이 숲 너머로 사라지자, 두 흑포인은 망연자실한 채 그가 사라진 곳을 바라봤다.

한편 이 모든 광경을 지켜보는 눈동자가 있었다.

황태였다.

그는 북쪽 숲으로 사라지는 손겸을 응시하며 미간을 좁혔다.

'죽고 싶다면 그렇게 해 주마. 그 전에…….'

황태의 두 눈이 남은 두 흑포인을 향해 돌아갔다. 유난히 작고 새카만 동공이 이내 진득한 살기로 채워졌다.

하지만 그건 잠깐이었다.

'쓸데없이 힘을 뺄 필요는 없겠지.'
두 흑포인의 삶이 결정되는 순간이었다.

* * *

강 상류에서 또 한 곳의 군영이 서서히 모습을 드러냈다. 연후의 지시로 새롭게 짓고 있는 수군의 군영이었다.

수많은 사람들이 구슬땀을 흘려 가며 열심히 일하고 있는 모습은 지켜보던 연후의 가슴을 뛰게 만들었다.

쿵쿵쿵!

땅땅땅!

"넘어간다!"

"뒤로 물러서라!"

풍덩!

촤아아아……!

"어이쿠, 시원하다!"

아름드리 거목들이 연이어 굉음을 내며 물속으로 떨어졌고, 주변의 인부들은 뜨겁게 달궈진 몸을 식히기 위해 거목이 일으킨 물보라를 일부러 뒤집어쓰기도 했다.

동방리는 연후의 곁에 나란히 서서 그 모습을 지켜보았다.

"저곳이 수군의 본영이 되겠군요."

"왜 그렇게 생각하시오?"

"일단 강폭이 가장 넓은 데다 주변 환경도 대군을 주둔시키기에 더할 나위 없이 좋잖아요. 또한 본가와 가까우니 연락과 물자 보급도 원활할 테고…… 더 말씀드려요?"
"충분하오."
"본영으로 삼으려는 생각이신 거 맞죠?"
"맞소."
연후가 인정하자 동방리는 빙그레 웃었다.
"그냥 주변 환경을 보고 추측을 해 본 건데 맞추니까 기분은 좋네요."
"그만 내려갑시다."
"예."
연후는 동방리와 함께 전함에서 내렸다.
북궁패를 비롯한 검가의 고수들이 뒤를 따라 하선했는데, 그들은 어마어마한 규모를 자랑하는 공사 현장을 보며 놀람을 감추지 못했다.
연후는 북궁패를 돌아보며 말했다.
"이곳에서 잠시 쉬었다가 갑시다."
"알겠습니다."
연후는 곧장 공사 현장으로 향했다.
대부분이 평범한 백성들이었고, 연후도 평범한 장포로 바꿔 입고 있은 탓에 그를 알아보는 사람은 없었다.
그때였다.

땡땡땡!

종소리가 요란하게 울리자 저마다 하던 일을 멈추고 강기슭 뒤쪽의 들판으로 우르르 몰려가기 시작했다.

"자! 다들 밥 먹으러 가세나!"

"오늘은 어떤 찬이 나왔으려나? 오늘도 고기가 나왔으면 좋겠는데."

"예끼, 이 사람아! 고기가 없어도 우리 집에서 먹는 것보다 훨씬 더 잘 먹고 있는데 너무 많은 것을 바라지 말게!"

연후는 인부들의 분위기가 매우 밝은 것을 볼 수 있었다.

'잘 꾸려 나가고 있는 모양이군.'

연후의 머릿속에 떠오른 이는 현진이었다.

사실 연후는 백야벌로 떠나기 전에 현진에게 서북에서 진행하고 있는 모든 공사를 총괄하게 했고, 행정과 수리에 밝은 송학에게 현진을 도우라 지시를 해 둔 상태였다.

그렇기 때문일까?

미처 몰랐는데 군영 주변의 건물들이 하나의 거대한 진의 형태를 갖춰 가고 있었다.

연후는 사람들이 몰려가는 곳으로 향했다.

그렇게 몇 걸음 걸었을까.

"주군!"

저만치 앞에서 송학이 달려왔다.

얼굴과 몸 곳곳에 흙을 잔뜩 묻힌 것을 보니 일손을 거

들고 있었던 모양이었다.

"주군께서 여긴 어떻게……."

"일정이 그렇게 되었다. 현진은 어디 있느냐?"

"조금 전에 막 거처로 드셨습니다. 하면 제가 모시겠습니다."

잠시 후, 연후는 현진의 거처로 들어섰다.

막 세수를 하고 나서던 현진이 연후를 발견하고는 두 눈을 동그랗게 치떴다. 그러더니 이내 머리를 조아렸다.

"어서 오십시오, 주군."

주군이라는 소리가 이제는 매우 자연스럽게 흘러나오자 연후는 옅은 미소를 머금었다.

"오면서 보니 진척이 상당히 빠르더군. 무슨 요술이라도 부린 건가?"

"……감히 주군의 허락도 없이 인부들의 삯을 조금 더 올려 주었습니다. 그리고 가장 중요하다 할 수 있는 거처와 먹을 것에도 책정되었던 예산보다 이 할을 더 보탰습니다."

"요술은 아니었군."

"죄송합니다."

"죄송해할 거 없다. 어차피 자네에게 그 정도 권한은 주려던 참이었으니까. 그나저나 우리도 한 끼 얻어먹어도 될까?"

현진이 뭐라 하기도 전에 송학이 펄쩍 뛰었다.

"제가 가서 숙수들에게 상을 마련하라 하겠습니다!"

"인부들과 함께 먹을 생각이니 먼저 가서 빈자리만 잡아 놓도록 해."

동방리가 말하고 나섰다.

"주군께서 그리로 가시면 사람들이 불편해하지 않을까요?"

"흠……."

연후는 곧장 송학에게 지시를 내렸다.

"식사는 여기서 할 테니 인부들이 먹는 것과 똑같은 것으로 가져오도록 해."

"알겠습니다!"

송학이 물러가자 연후는 현진과 북궁패를 번갈아 응시하며 말했다.

"서로 인사들 나누지."

북궁패가 먼저 포권을 취하며 살짝 머리를 숙였다.

"검가의 북궁패라고 하오."

"현진입니다. 천하에 명성이 높은 대협을 이렇게 만나 뵙게 되어 영광입니다."

"과찬이시오."

북궁패는 연후를 돌아봤다. 그의 눈빛은 현진이 어떤 사람이냐고 묻고 있었다.

연후는 현진을 힐끗 쳐다본 후에 한마디 툭 던지듯 답했다.

"우리 군사요."

"오!"

북궁패가 두 눈마저 치뜨며 놀라워했다. 그도 그럴 것이 어떤 세력이든 군사는 세력의 수장만큼이나 중요한 인물이었다.

하물며 북부의 군사에 대해서 알려진 바가 전혀 없는 작금의 상황을 감안하면 북궁패의 놀람은 당연한 일이었다.

연후는 현진을 응시했다. 철우를 비롯한 다른 이들도 현진을 응시했다.

모두의 생각은 한 가지, 과연 현진이 어떤 반응을 보일까 하는 것이었다.

조금은 당혹스러운 눈빛을 머금고 있던 현진이 이내 나지막이 한숨을 내쉬었다.

"차를 준비하겠습니다."

현진이 나가려 하자 서백과 소영이 황급히 나섰다.

"저희가 준비할 테니 군사께서는 그냥 계십시오."

"……고맙소."

철우의 전음이 연후의 귓속을 파고들었다.

[군사라는 말에도 지난번과는 눈빛부터가 다른 것을 보니 왠지 느낌이 좋습니다.]

연후는 묵묵히 고개를 끄덕였다.

철우의 말처럼 그 역시도 느낌이 좋았다. 현진이 완전

히 마음을 열고 군사의 직을 수락해 준다면 그로서는 천군만마를 얻는 것이나 다름없을 터였다.

그때였다.

"주군!"

문을 열고 뛰어들다시피 들어서는 이가 있었다.

송영이었다. 그 뒤를 송학이 따라 들어왔다.

"오실 거면 미리 기별부터 하지 않으시고요?"

"어쩌다 보니 그렇게 되었다. 그나저나 네가 여긴 어쩐 일이지?"

"아! 군영 건설에 필요한 철이 부족하다고 해서 철을 가지고 오는 길입니다. 오는 김에 인부들에게 제공할 술도 좀 갖고 왔습니다. 며칠 후면 명절이지 않습니까."

"마침 잘됐군."

"예?"

연후가 돌아보자 철우는 소중히 포장을 해 놓은 황하수련의 흑의를 꺼냈다.

툭.

"이게 뭡니까?"

"군사하고 둘이서 이것보다 더 뛰어난 옷을 만들어 줘야겠다. 물론 최대한 빨리, 많이."

현진도 눈빛을 발하며 관심을 보였다.

"이건……."

"본 적이 있나?"

"이것과 비슷한 것을 섬나라 동영에서 본 적이 있습니다. 그쪽에서는 인자라 불리는 살수들이 주로 사용하는 것인데…… 이건 어디서 구하셨습니까?"

"오다가 하나 주웠다."

"……예?"

"차 한잔하면서 말하면 안 될까?"

"아…… 예."

한편 북궁패는 내심 놀람을 더해 가고 있었다.

지금껏 연후와 함께하면서 철우와 서백에게 놀란 적이 한두 번이 아니었다.

모든 것을 다 알 수는 없었지만, 그의 눈에 두 사람은 뛰어난 무재(武才)이자 인재(人才)임이 틀림없었다.

'이 사람도 보통이 아니겠구나.'

둘에게서 받은 느낌을 북궁패는 송영을 통해 다시 느끼고 있었다.

* * *

'이런 곳에 군영이 있었다니…….'

황태의 미간에 주름이 잡혔다.

연후를 쫓아 이곳까지 왔는데, 생각지도 못한 군영이

나타났고 연후는 그 속으로 들어가 버렸다.

드러나 있는 숫자만도 최소 일천이 넘는 저 많은 사람들과 섞여 버리면 추적이 힘들 수밖에 없었다.

'서두르지 말자. 여기서 놓치면 철혈가로 가면 되니 조급해하지 말고 차분하게 굴어라, 황태.'

황태는 스스로를 다독이며 허리춤에서 물주머니를 끌렀다. 하지만 물주머니는 이미 텅텅 비어 있었다.

갈증이 심했던 황태는 강가로 나아가 물주머니를 채우며 강 건너를 응시했다.

아직 미완성인 군영이었지만 마주하는 것만으로도 압도가 될 만큼 엄청난 규모였다.

게다가 곳곳에 보통의 망루와는 크기와 형태부터 다른 여러 개의 완벽한 경계망을 형성하고 있어서 본능적으로 몸을 숨겨야겠다는 생각마저 들게 했다.

'저곳이 완성되면 이후 천하의 어떤 세력도 강을 통해 북쪽으로 올라가는 것은 불가능하겠구나. 그나저나 일개 군영이 이 정도의 위압감을 풍길 수 있다니……..'

황태는 뒤로 물러나 물주머니를 입으로 가져갔다. 그러다가 한순간 벼락같이 돌아서며 검파에 손을 얹었다.

휘이잉.

싸아아.

분명 인기척을 감시했었나.

하지만 보이는 것이라고는 바람에 흔들리는 갈대밭뿐이었다.

'내가 착각을 했나?'

황태는 잠시 더 뒤쪽을 응시하다가 다시 물주머니를 입으로 가져갔다. 그러고는 다시 북쪽을 향해 움직이기 시작했다.

조금 떨어진 곳까지 올라간 후에 도강을 할 생각이었다.

그런 황태의 뒷모습을 지켜보는 자가 있었다.

손겸이었다.

'네놈이었구나.'

싸아아.

그의 전신에서 발출된 한기가 바람에 섞여 널리널리 퍼져 나갔다.

* * *

식사를 마친 연후는 북궁패와 마주 앉았다.

"여기서 그만 작별을 고해야 할 것 같소."

"아…… 예."

북궁패는 내심 당혹스러웠다.

자신이 떠난다고 했을 때, 안전을 위해 철혈가까지 함께 가자고 했던 연후였다.

한데 이곳에서 작별을 고하자니.

"옷을 좀 벗어 줘야겠소. 모두 다."

"……예?"

"혹시 모를 황하수련의 추적을 따돌리기 위해 수를 쓸 생각이오. 그러자면 이곳에서 며칠 동안 머물러야 할 거요."

"……."

"그게 그러니까……."

연후는 북궁패에게 어떻게 할 것인지를 놓고 짤막하게 설명을 해 주었다. 말이 끝나자 북궁패는 고마움을 표했다.

"이렇게까지 신경을 써 주시니…… 정말 몸 둘 바를 모르겠습니다. 이 은혜는 결코 잊지 않을 것입니다."

"차 식겠소. 어서 드십시다."

"저…… 하나 여쭈어도 될는지요."

"말해 보시오."

"서북무림 남부 지역은 황하수련과 지배력이 충돌하는 곳이 많은데, 그 지역에 수군의 군영을 세우심은 혹시…… 황하수련 때문입니까?"

"그렇소."

연후는 차를 한 모금 마시고는 북궁패를 직시하며 말을 이었다.

"지배력이 겹치는 지역에서 모조리 쫓아낼 생각이오. 이게 귀하의 질문에 가장 확실한 대답인 것 같은데……

이제 되었소?"

"아, 예."

"그럼 이번엔 내가 하나 물어봐도 되겠소?"

"말씀하시지요."

"이 전쟁…… 끝까지 갈 생각이오?"

"그건…… 감히 제가 말씀드릴 사안이 아닌 듯합니다. 또한 형님께서도 제게 그 부분에 대해 따로 말씀을 하신 적이 없습니다. 죄송합니다."

연후는 진심으로 미안해하는 북궁패를 보며 새삼 그가 마음에 들었다.

그를 보고 있으면 한 사람이 떠올랐다. 송겸을 대신하여 장로원주로 승격을 시킨 사마세가의 가주 사마송이었다.

말투와 행동, 사람을 대하는 태도까지 두 사람은 닮았다 싶을 정도로 결이 비슷했다.

"대공자께 잘해 주시오."

"……예?"

"내가 보기에 대공자는 마음에 깊은 상처가 있는 것 같았소. 그 상처만 잘 보듬어 주면…… 아, 내가 주제넘은 말을 한 것 같소. 미안하오."

"아닙니다. 그리 신경을 써 주시니 그저 감사할 따름입니다. 말씀처럼 잘 보살펴 주도록 노력하겠습니다."

이때였다.

"주군, 접니다."

"들어와."

서백이 문을 열고 들어섰다. 조영이 뒤를 따라 들어왔는데, 둘 다 옷을 한가득 안고 있었다.

"모두 이 옷으로 갈아입도록 하시오. 그리고 떠날 시기는 우리 군사가 정해 줄 테니 그때 떠나면 모두 무탈하게 고향으로 돌아갈 수 있을 거요."

"감사합니다, 가주."

서백이 말했다.

"지시하신 대로 검가 쪽 숫자에 맞춰 무사들을 대기시켜 놓았습니다."

"송영이 돌아갈 때 딸려 보내도록 해. 그리고 너희들도 같이 가도록 하고."

"주군께서는 함께 가시지 않습니까?"

"나는 해야 할 일이 좀 있어서."

"무슨 일……."

"그만 나가 봐."

"……예."

* * *

서백과 조영은 송영이 있는 곳으로 향했다.

조영이 투덜댔다.

"이대로 끝나면 너무 아쉬운데……."

"뭐가 아쉽다는 말입니까?"

"제대로 한번 싸워 보지도 못했잖소. 솔직히 추격전이 벌어질 때는 이제야말로 제대로 한번 칼질을 해 보겠구나…… 하면서 기대가 컸는데 말이오."

피식.

"강에서 그렇게 싸워 놓고도 성에 차질 않는단 말입니까?"

"그 정도로는 간에 기별도 가지 않소. 그리고 솔직히 말하면 그땐 싸운 게 아니라 피하기 바빴지 않았소. 크흠!"

사실이었다. 조영은 연후와의 동행이 이렇게 마무리되는 것이 무척이나 아쉬웠다.

연후 앞에서, 다른 사람들 앞에서 자신의 실력을 제대로 보여 주고 인정을 받고 싶었는데, 반의반도 보여 주지 못한 것 같아서였다.

"주군께 인정받고 싶어서 그럽니까?"

"솔직히 그렇소."

"그거 압니까?"

"뭘 말이오?"

"우리 주군은 믿지 않는 사람과는 절대 함께하시지 않습니다. 그런 의미에서 보자면 조 형은 벌써 두 번이나 주군과 함께했으니 따로 인정을 받기 위해 애를 쓰지 않아도 될 것 같은데요?"

"……!"

"너무 감격한 표정인데……."

"감격했소. 으흐흐."

"꼭 부차 형님처럼 웃으시네."

"으흐흐흐!"

"그만해요. 징그러우니까."

잠시 후 둘은 마차 여러 대가 줄지어 늘어서 있는 곳으로 향했다. 송영이 철과 술을 싣고 왔던 마차들이었다.

마침 송영이 무사들과 대화를 나누다가 서백과 조영을 발견하고는 다가왔다.

"언제 떠납니까?"

"곧."

"곧 언제요?"

"검가 사람들이 옷을 가져와야 갈 것 아니냐. 그나저나 술 몇 병 정도는 남겨 놓았겠지?"

"넉넉하게 남겨 놓았으니 염려 마세요. 안주도 기가 막힌 것으로 한 궤짝이나 있습니다."

"좋았어!"

"으흐흐."

조영이 좋아서 입꼬리가 귀밑까지 찢어졌다.

"아, 그렇게 좀 웃지 말라니까요?"
"으흐흐."
송영이 기괴하게 웃는 조영을 보며 인상을 찡그렸다.
"꼭 부차 형님처럼 웃으시네. 그런데 하나도 안 어울린다는 거 혹시 압니까?"
뚝.

* * *

군영 공사 현장을 한눈에 내려다볼 수 있는 곳. 황태는 그곳에서 군영을 빠져나가는 모든 사람들을 지켜봤다.

워낙에 많은 사람들이 들락거리는 곳이라 혼자 모든 곳을 다 살펴본다는 것은 결코 쉬운 일이 아니었다. 하지만 연후를 향한 강한 집념은 황태의 집중력을 평소보다 더 강하게 만들어 놓았다.

그렇게 지켜보기를 두 시진쯤 흘렀을까?

황태의 두 눈이 빛을 번뜩인 것은 현장을 빠져나가는 여러 대의 마차와 수십 명의 무사를 보았을 때였다.

수십 명의 무사 틈에 검가의 무사들이 있었고, 그들은 정확하게 철혈가가 있는 동북쪽 방향으로 향하고 있었다.

황태는 조용히 능선을 내려와 뒤를 쫓았다. 그리고 얼

마 지나지 않아 육안으로 사람의 얼굴을 식별할 수 있는 거리까지 접근할 수 있었다.

'응?'

황태의 두 눈에 기광이 어렸다.

기광을 머금은 그의 두 눈은 검가의 무사들을 날카롭게 훑고 있었다. 그러다가 시선이 멈춘 곳은 무사들의 신발이었다.

연이은 전투와 추격전으로 인해 남루할 대로 남루해진 무복에 반해 검가의 무사들이 신고 있는 신발은 지극히 멀쩡했다.

'하마터면 엉뚱한 놈들을 쫓을 뻔했군.'

황태는 위장 전술에 속았다는 것을 깨닫고는 현장을 빠져나갔던 다른 무리들을 떠올리며 일일이 기억을 더듬었다.

그리고 떠올린 것은 이들과 거의 비슷한 시간에 서쪽으로 향해 떠났던 무리였다.

그들이라 확신할 순 없었지만 그래도 쫓아가서 확인은 해 봐야 했다. 이쯤에서 황태는 수하들을 괜히 돌려보냈다며 후회했다.

수하들이 있었다면 여러 방향으로 떠난 자들을 동시에 추적이 가능했을 터였다.

하지만 이미 엎질러진 물이니 모든 것은 홀로 다 감당할 수밖에 없었다.

팟!

황태는 서쪽으로 몸을 날렸다.

그가 사라진 뒤에 삼십 장쯤 떨어진 숲에서 손겸이 모습을 드러냈다.

'사냥개처럼 열심히 쫓아라. 나는 네놈만 쫓겠다.'

내심 그렇게 중얼거렸지만 어찌 된 일인지 손겸은 그 자리에서 꼼짝을 하지 않았다.

그렇게 일각쯤 지났을까.

손겸이 품속에서 작은 피리를 꺼내어 입에 물었다.

삐이이.

새의 울음과 흡사한 소리가 낮게 깔리며 퍼져 나갔다. 그리고 잠시 후, 손겸의 머리 위에 독수리 한 마리가 나타났다.

독수리는 곧장 손겸의 어깨에 내려앉았다.

손겸이 주문 같은 것을 속삭이자 독수리는 다시 하늘로 날아올랐고, 이내 황태가 사라져 간 곳을 쫓아 움직였다.

비로소 손겸도 움직였다.

'날개가 달린 새라도 나의 추적을 피할 순 없다.'

* * *

한 대의 마차에 서백과 송영이 나란히 앉아 있었다. 마차를 몰던 송영이 고개를 갸웃하며 물었다.
"거참 아무리 생각해도 이해가 안 가네."
"뭐가?"
"주군께서 왜 신발은 갈아 신지 말라고 하셨을까요? 뒤를 쫓는 놈들을 완벽하게 속이려면 신발까지 갈아 신어야지 않습니까."
"의심하지 마라. 의아해하지도 말고."
"예?"
"주군께서도 다 생각이 있어서 그러셨을 테니 우린 그냥 시키면 시키는 대로 하면 되는 거다. 지금껏 그래 왔고, 단 한 번도 잘못된 적이 없잖아."
"그렇긴 하지만……."
"내가 의아한 건 그냥 처치해 버리면 될 텐데 왜 이런 식으로 대처하느냐 하는 거다."
"그러게요. 왜 그러시는 걸까요?"
"나도 모른다."
"짚이는 거라도 없습니까?"
"전혀."
"혹시 우리를 미끼로 쓰시는 건 아니겠죠?"
"멍청한 소리 하지 마. 여기 누가 계신데……."
서백은 마차를 힐끗 돌아보고는 코끝을 실룩거리며 뒤를 돌아보았다.

이미 공사 현장은 시야에 들어오지도 않았다. 보이는 것이라고는 숲을 뚫고 솟아오른 거대한 망루뿐이었다.

그때였다.

마차 안에서 동방리의 목소리가 흘러나왔다.

"마차의 방향을 북쪽으로 돌려야 할 때가 된 것 같군요."

"옙!"

송영이 마차의 방향을 북쪽으로 틀자 뒤를 따르던 마차들도 이내 북쪽으로 방향을 틀었다.

서백의 머릿속에서 연후의 목소리가 울렸다.

관도까지 나가면 곧장 북쪽으로 움직여도 좋다. 거기서부터는 아무도 너희를 쫓지 않을 것이다.

서백은 미간을 찡그리며 내심 중얼거렸다.

'뒤를 쫓는 놈들에게 혼란을 주기 위해 일부러 신발을 갈아 신지 말라고 하신 건 알겠는데, 그다음이 당최 모르겠단 말이지.'

딱딱.

서백은 답답함에 자신의 머리를 몇 대 쥐어박았다. 그런 서백을 송영이 이상한 눈으로 쳐다봤다.

"왜 갑자기 자학을 하고 그럽니까?"

* * *

휘이잉!

거센 바람에 이리저리 흔들리는 거목의 끝.

그곳에 연후와 철우가 나란히 서 있었다. 둘의 시선은 철혈가로 향하는 일행이 아닌 황태와 손겸이 움직이고 있는 서쪽을 향하고 있었다.

연후는 미간을 좁혔다.

"희한한 일이군. 우리를 쫓는 놈의 뒤를 추격하는 놈이 또 있다니……."

"어찌시겠습니까?"

"예정대로 본가로 간다. 다시 말하지만 여기서 살수 따위와 노닥거릴 시간은 없다. 물론 놈들이 본가까지 따라온다면 그땐 얘기가 달라지겠지만."

"알겠습니다."

연후는 동방리와 서백 일행의 마차를 돌아봤다. 그 사이에 그들은 벌써 까만 점이 되어 가고 있었다.

"하나 여쭈어도 되겠습니까?"

"말해 봐."

"검가의 고수들로 위장을 하는 과정에서 일부러 허점을 드러나게 하신 이유가 궁금합니다."

"그 정도는 알고 있을 거라 봤는데."

"뒤를 쫓는 자들로 하여금 혼란을 주기 위함이라는 것…… 솔직히 그것 말고는 달리 떠오르는 게 없습니다."

"제대로 봤다."

"……예?"

"덕분에 놈들이 본가가 아닌 벽력가로 향하는 서쪽으로 가 버렸으니 제대로 혼란을 줬다고 볼 수 있겠지."

"정말…… 그게 다입니까?"

피식.

당황한 기색을 드러내는 철우를 보며 연후는 실소를 머금었다.

"뭐 대단한 거라도 있을 거라 생각한 모양이군. 너는 그게 탈이야. 매사에 생각이 너무 많아."

"……."

"때로는 지극히 단순한 것이 가장 복잡하고 어려운 묘수가 될 수도 있는 법이다. 돌아가면 사마원주한테 바둑이라도 좀 배워 봐. 지나치게 생각이 많은 네게는 꽤 도움이 될 테니까."

"……예."

"그만 가지."

연후는 거목에서 훌쩍 뛰어내렸다.

조금 떨어진 풀밭에 말 두 마리가 풀을 뜯고 있었다.

연후는 그곳으로 향하면서 미간을 좁혔다.

'그때 그 독수리일까?'

조금 전에 나타났던 독수리가 거슬렸다.

강에서 황하수련과 추격전을 벌일 때부터 신경이 쓰였던 독수리였다. 조금 전의 그 독수리가 그때 그 독수리인 건 확인할 방법이 없지만, 왠지 그럴 것 같다는 느낌이 강하게 들었다.

'황하수련이 독수리를 부릴 줄 안다면 전서구를 이용해 정보를 소통하는 모든 세력에게 엄청난 위협이 될 텐데…….'

당장은 서북무림과 지배력이 충돌하는 지역에서 황하수련의 병력을 모조리 쫓아낼 계획을 갖고 있는 자신의 행보에 큰 걸림돌이 될 터였다.

'당장은 활의 사정거리를 늘리는 수밖에 없다. 이후 다른 방법을 찾아보자.'

* * *

혈가의 가주 적혼은 수하들과 함께 들어서는 절색의 여인에게서 눈을 떼지 못했다.

'목격자가 여인이라…….'

여인은 바로 천 년의 관문, 혈옥을 깨트린 자를 보았다는 목격자였다.

물론 그녀가 보았다는 자가 반드시 혈옥을 깨트린 자라 확신할 순 없겠지만, 누군가를 보았다는 것만으로 오리무중이었던 상황에서 한 줄기 빛이나 다름없었다.

"주군, 목격자를 데려왔습니다."

"수고했으니 다들 물러가라."

"예."

적혼은 물러가는 수하들을 잠시 지켜보다가 여인에게로 시선을 돌렸다.

그러다가 이채를 머금었다.

'놀랍군. 무공을 익힌 것 같지도 않은 여인이 이렇게 평온할 수가 있다니.'

이곳은 혈가의 대전이었다.

물론 자신을 비롯해 암중 공간에 있는 호위들까지 기운을 완벽하게 갈무리할 수 있다지만 평범한 여인이라면 최소한 긴장 정도는 하는 것이 정상이었다.

"먼 곳까지 와 줘서 고맙소, 소저."

적혼은 최대한 부드럽게 말했다.

여인은 그런 적혼을 담담한 얼굴로 응시할 뿐이었다. 적혼은 여인의 무심하기조차 한 태도에 다시 한번 이채를 발하며 말을 이었다.

"소저를 왜 이곳으로 모셨는지 그 이유는 알고 있을 것이오."

"제가 뭘 어떻게 하면 되죠?"

"소저가 봤다는 자의 인상착의는 물론이고 언제, 어디서, 어떤 식으로 보았는지 모두 들어야겠소. 그래 줄 수 있겠소?"

"그러죠."

"고맙소."

적혼은 뒤를 돌아보며 말했다.

"차를 준비하라 이르거라."

"아뇨. 제가 좀 바빠서 그러니 차는 사양하겠어요. 그럼 바로 시작할까요?"

'당돌하기까지.'

적혼은 묵묵히 고개를 끄덕였다.

"하면 듣겠소."

"일이 있어 망혼곡 근처를 지나다가 망혼곡(亡魂谷) 쪽에서 걸어 나오던 한 사람을 보았어요. 깊은 산중이라 혹시 몰라 숲에 몸을 숨겼는데, 그때 그 사람에게서 피비린내가 매우 진하게 나더군요."

망혼곡은 혈옥이 위치한 대협곡을 말함이었다.

"얼굴을 기억하겠소?"

"물론 생생하게 기억하고 있어요."

적혼은 다시 뒤를 돌아보며 말했다.

"화공을 들라 해라."

"아뇨. 용모파기는 제가 직접 그려 드릴게요."

"아무리 그림에 조예가 있더라도 용모파기는 여타 그림과는 달리 매우 사실적이고 정교해야 하는데…… 가능하겠소?"

"믿으셔도 될 거예요."

적혼은 여인을 잠시 응시하다가 이내 고개를 끄덕이고는 나지막이 말했다.

"지필묵을 가져오너라."

잠시 후, 한 혈포인이 지필묵을 갖고 왔다. 여인은 바닥에 종이를 깔고 바로 그림을 그려 나가기 시작했다.

적혼은 흥미로운 눈빛으로 여인이 그려 나가는 사람의 얼굴을 지켜보았다.

'이제 보니 화공이었군.'

여인의 붓놀림이 예사롭지가 않았다. 그저 휙휙 긋는 것 같은데 빠르게 얼굴 윤곽이 잡혀 갔다.

그렇게 얼마나 흘렀을까.

이목구비가 그려지고 하얗게 그려 놓았던 동공을 검게 칠해 갈 때, 적혼은 눈빛을 떨었다.

'저 얼굴은…….'

낯이 익었다. 분명 본 얼굴이었다.

하지만 아직은 확실치가 않았다.

잠시 후, 가늘었던 이목구비에 명암이 더해지고 머리모양까지 정교하게 마무리되어가자 적혼은 두 눈을 부릅떴다.

'저 놈은······.'

적혼은 두 눈을 의심했다.

사람의 얼굴을 뚝 떼어다가 종이 위에 올려놓은 것처럼 정교하게 그려진 용모파기 속의 얼굴은 바로 이연후, 그의 얼굴이었다.

'이럴 수가 있나.'

적혼이 두 눈마저 부릅뜨며 놀라워할 때, 여인은 붓을 내려놓고 천천히 일어섰다.

"이 정도면 충분할까요?"

적혼은 대답을 않고 여인을 직시했다.

그리고 조금은 가라앉은 목소리로 물었다.

"혹시 북부무림의 주군 이연후라는 자를 아시오?"

순간 여인의 눈빛이 한 차례 흔들렸다. 하지만 살짝 고개를 숙이고 있어서 적혼은 미처 그 변화를 보지 못했다.

여인은 담담하게 대답했다.

"들어 본 적은 있지만 본 적은 없어요. 한데 그건 왜 물으시는 거죠?"

"······아니오. 수고했소."

딱!

적혼이 손가락을 튕기자 혈포인 두 명이 대전으로 들어섰다.

"모셔라."

"약속은 지키실 거죠?"

"물론이오. 그러라고 저들을 부른 게 아니겠소."

적혼은 혈포인들에게 지시를 내렸다.

"모시고 가서 약속한 돈을 내어 드려라."

"예."

"잘 가시오, 소저."

"그럼."

[대전에서 피를 볼 순 없으니 밖으로 데려가 죽이도록 하여라.]

[예, 주군.]

적혼은 혈포인들과 함께 대전을 나서는 여인을 잠시 지켜보다가 그녀가 그려 놓은 용모파기를 조심스럽게 집어 들었다.

파르르…….

다시 세차게 흔들리는 눈빛.

'정말 이놈이 천 년의 관문을 깼단 말인가. 만약 그렇다면…….'

적혼의 고개가 뒤를 향해 돌아갔다.

"가륵에게 내가 보잔다고 전해라."

"존명!"

잠시 후, 가륵이 대전으로 들어섰다.

적혼은 그를 향해 바로 지시를 내렸다.

"당장 황태를 찾아가 본 좌의 뜻을 전해라. 확인해야 할 것이 있으니 이연후, 놈을 절대 죽여선 안 된다고 말이다."

"……."

가륵은 의아한 표정을 지었다.

그로서는 갑자기 왜 이런 명령을 내리는지 영문을 몰랐다. 그런 가륵을 향해 적혼은 용모파기를 들어 보였다.

"그건…… 이연후가 아닙니까?"

"천 년의 관문을 깬 것이 아무래도 이놈인 것 같다."

"……!"

가륵이 놀라 두 눈을 부릅떴다.

적혼의 지시가 이어졌다.

"철혈가와 벽력가로 아이들을 보내라. 지금껏 놈을 죽이지 못했다면 그 두 곳 중 한 곳에서 기회를 엿보며 머무르고 있을 터. 서둘러라!"

"알겠습니다!"

가륵이 황급히 대전을 빠져나가자 적혼은 태사의에 깊숙이 몸을 묻으며 눈빛을 가라앉혔다.

'놈이 정말 혈옥을 깨고 마병과 마공들을 손에 넣었다면…… 무슨 수를 써서라도 사로잡아 그것의 존재를 확인해야 한다. 만약 놈이 그것을 보지 못했다면 놈을 통해

혈옥으로 들어가는 방법을 알아내야 한다.'

적혼은 가슴이 뛰었다.

더불어 간절히 빌었다.

'황태가 성공하지 못했어야 하는데……'

그때였다.

쿵!

대전의 문이 거칠게 열리며 혈포인 하나가 뛰어들어왔다.

"주군! 계, 계집이 도주했습니다!"

"뭐라?"

"평범한 계집이 아니라 소수마공(素手魔功)을 익히고 있어서 도저히 막을 수가 없었습니다!"

소수마공. 일명 악마의 무공이라 일컫는 고대의 마공이 혈포인의 입을 통해 흘러나왔다.

그때였다.

"천하의 혈가가 이렇게 치졸한 곳인 줄은 미처 몰랐군요."

창을 통해 흘러든 싸늘한 목소리에 적혼은 반사적으로 돌아서며 창문을 열어젖혔다.

맞은편 전각의 지붕에 여인이 서 있었다. 그리고 곳곳에서 뛰쳐나온 혈가의 고수들이 구름처럼 몰려들고 있었다.

"멈춰라!"

적혼은 창을 통해 밖으로 나서며 내공을 담아 소리쳤다. 몰려들던 혈가의 고수들이 그 자리에 멈추자 적혼은 여인을 응시했다.

여인도 적혼을 응시했다.

"무림인이라면 망혼곡이 어떤 곳인지 모를 리 없죠. 해서 충분히 이해해요. 비밀을 지키자면 나라도 죽이려 했을 테니까요."

"일부러 나를 찾아온 것이냐?"

"맞아요. 일부러 당신을 찾아왔어요. 혈옥이 깨진 것을 누구보다 안타까워할 사람이 당신일 테니까요."

"……!"

적혼은 내심 경악했다.

'설마 본 가와 혈옥의 역사를 알고 있단 말인가? 아니다. 그건 절대 불가능하다. 본 가에서도 오직 가주만이 알고 있는 극비를 저 계집이 알고 있을 리가 없다.'

적혼은 애써 속을 억누르며 다시 물었다.

"그래서. 나를 찾아온 목적이 뭐지?"

"그자의 정체를 알아야 했어요."

"용모파기를 말하는 것이냐?"

"그래요. 덕분에 그자가 북부의 주군이라는 사실을 알아냈으니 그 점, 고맙게 생각해요."

"놈이 망혼곡에서 나왔다는 거…… 거짓은 아니겠지?"

"일이 이렇게 되었으니 더 정확하게 말씀드리죠. 그자를 본 장소는 혈옥의 입구였어요. 그곳을 지키고 있던 혈가의 고수들은 물론이고, 다른 가문의 고수들도 모두 그자가 죽였을 거예요."

파르르…….

적혼은 다시 한번 눈빛을 떨었다.

"넌 누구냐."

"악마를 죽이기 위해 세상에 나온 사람 정도라고 해 두죠. 다음에 또 볼 날이 있을 테니 오늘은 이쯤에서 헤어지는 게 좋겠군요. 그럼."

쾅!

여인이 섰던 곳에서 기왓장이 허공으로 마구 솟구쳐 올랐다. 뒤이어 한 마리 학처럼 떠오른 여인이 이내 적혼의 시야에서 까만 점이 되어 사라졌다.

"주군!"

"이미 늦었다. 쫓지 마라."

적혼은 여인이 사라진 곳을 응시하며 미간을 좁혔다. 여인의 마지막 말이 뇌리에서 사라지지 않고 계속해서 울려 대고 있었다.

악마를 죽이기 위해 세상에 나온 사람 정도라고 해 두죠.

* * *

"빌어먹을!"

쾅!

분노가 담긴 황태의 발길질에 큼지막한 바위가 산산조각이 나버렸다.

서쪽으로 떠난 자들을 쫓아 반나절이나 수고를 들였는데 허탕을 치고 말았다. 뒤를 쫓았던 자들이 석재를 구하기 위해 석광으로 향한다는 것을 반나절이라 지난 후에야 깨달은 것이다.

연이은 실패에 분노한 황태는 들끓는 속을 달래기 위해 물속으로 들어가 드러누웠다.

물의 부력에 몸을 맡긴 황태는 물이 전하는 냉기를 흡수하며 속을 달랬다.

그때였다.

끼아악!

상공에 독수리 한 마리가 나타났다. 독수리는 황태의 머리 위 상공을 선회하며 날카롭게 울어 대고는 이내 근처의 거목 끝에 조용히 내려앉았다.

황태는 조금은 분노가 가라앉은 눈으로 독수리를 바라봤다.

"네놈이 부럽구나. 내게도 날개가 있다면 금방 놈을 쫓아갈 수 있을 텐데……."

그때였다.

가회는 허공에서 일어나는 여러 개의 빛을 발견하고는 미간을 좁혔다.

'뭐지?'

빛은 엄청난 속도로 그를 향해 떨어져 내렸다. 동시에 황태의 육신이 물보라를 일으키며 솟구쳐 올랐다.

표표표풍!

황태가 누웠던 곳에서 자-그마한 물기둥이 치솟았다. 치솟은 물기둥이 떨어져 내릴 때, 황태는 어느새 강기슭으로 내려서고 있었다.

하지만 그는 결코 강기슭을 밟지 못했다.

번쩍!

강기슭 너머의 숲에서 한 줄기 섬광이 일었다. 섬광은 황태의 두 다리를 노리고 날아왔다.

제아무리 천하고수라도 허공에서, 그것도 막 땅을 밟기 위해 떨어지던 상황에서 갑작스럽게 날아든 기습을 피한다는 것은 매우 힘든 일이었다.

황태의 검이 허공을 갈랐다.

꽝!

파파팟!

모래와 흙이 뒤섞인 강기슭에서 흙먼지가 치솟았다. 그 흙먼지를 뚫고 두 발의 섬광이 더 날아들었고, 그것마저 막아 낸 황태는 충격을 이기지 못하고 강물까지 밀려났다.

 콱!

 황태는 왼발을 바닥에 쑤셔 박으며 간신히 몸의 중심을 잡았다. 뒤이어 섬광이 날아든 곳을 향해 강기를 날렸다.

 퍼퍼퍼퍽!

 황태는 잘린 수풀과 나뭇가지가 난무하는 곳으로 섬전처럼 뛰어들었다. 순간 황태는 수풀 너머에서 사라지는 시커먼 그림자를 보았다.

 "감히……."

 쾅!

 땅을 박차고 오른 황태는 그림자를 쫓아 달려들었다. 그런 그를 향해 또다시 한 줄기 섬광이 날아들었고, 황태가 섬광을 후려치고 숲으로 뛰어들었을 땐 이미 그림자는 사라지고 없었다.

 '대체 누가 나를 노린단 말인가.'

 그 순간 황태는 자신이 경고했던 황하수련의 흑포인들을 떠올렸다. 찰나의 순간이었지만 그림자는 분명 흑포를 걸치고 있었다.

 '관을 봐야 눈물을 흘리겠다면 그렇게 만들어 주마.'

* * *

 오랜만에 돌아온 연후로 인해 철혈가는 잔칫집 분위기였다.

 하지만 연후는 간단한 인사만 나누고 거처에 틀어박혀 장고에 들어갔다.

 또다시 시작된 그의 장고에 철혈가의 모두는 기대가 컸다. 장고 끝에 악수를 둔다는 바둑의 속담과는 달리 연후는 항상 좋은 결과가 냈기 때문이다.

 일단 장고에 들어가면 연후 스스로 문을 열고 나서기 전까지는 누구도 그를 만나지 못한다.

 마침 백도전주 장패가 일이 있어 철혈가로 돌아왔지만 그조차도 연후를 만나 보지 못하고 부임지로 떠나야 했다.

 그렇게 사흘이 지났을 때, 황금상단에서 사람들이 찾아왔다. 백야벌에서 왕적이 약속했던 은자 일천만 냥을 전하기 위함이었다.

 연후를 대신하여 사마송이 그들을 맞았다.

 쿵!

 사마송은 큼지막한 궤짝 두 개를 내려다보며 미간을 좁혔다.

"일천만 냥이라고 들었는데 이것밖에 가져오지 않은 것이오?"

"은자는 양이 너무 많아 수송에 어려움이 있어 황금으로 가져왔습니다. 여봐라! 궤짝을 열어 확인시켜 드려라!"

"아니오. 천하의 황금상단이 설마하니 액수를 속이겠소."

"그렇게 말씀을 해 주시니 고맙습니다. 한데 가주는 언제 뵐 수 있겠는지요."

"미안하지만 주군은 만나 뵐 수는 없을 것 같소. 중요한 일 때문에 그러하니 너그러이 양해해 주시기 바라오."

"……."

황금상단의 사신들이 당황한 기색을 드러내자 사마송은 껄껄 웃으며 말했다.

"장로원주인 나를 비롯해 본 가의 누구도 주군을 뵙지 못하고 있소. 하니 너무 섭섭해 마시오."

"아…… 예."

그때였다.

문을 열고 안으로 들어서는 이가 있었다. 신휘였다. 그가 들어서자 사마송이 자리에서 일어났다.

황금상단의 사신들은 어리둥절한 표정으로 사마송과 신휘를 번갈아 응시했다.

어떤 세력이든 장로원주는 주군과 맞먹는 위치라고 봐

야 했다. 그러한 사마송이 매우 정중한 태도로 신휘를 대하니 의아해할 수밖에 없었다.

"어서 오십시오, 혈왕."

순간 황금상단의 사신들은 황급히 자리를 박차고 일어나서는 머리를 조아렸다.

"혀, 혈왕을 뵙습니다!"

연후만큼이나 공포의 대상인 신휘의 출현에 그들은 정신마저 바짝 얼어붙었다.

"반갑소."

신휘는 사마송의 옆자리에 앉았다.

무사가 재빨리 차를 갖다 놓고 돌아가자 신휘는 찻잔을 들어 입으로 가져가며 황금상단의 사신들을 무심히 바라봤다.

꿀꺽.

누군가 마른침을 삼켰다.

사마송은 그 모습을 보며 옅은 미소를 머금었다.

'하긴 아직까지 천하인들에게 주군보다는 혈왕이 더 무섭겠지. 명성을 떨친 시기가 훨씬 더 기니까.'

사마송은 새삼 신휘의 존재가 믿음직스러웠다. 저 오만한 황금상단의 사신들을 그저 등장만으로 얼어붙게 만들 존재가 천하에 과연 몇이나 될까.

탁.

신휘가 찻잔을 내려놓자 그 소리에 놀란 한 중년인이 움찔하며 낯빛이 변했다.

"혈가 쪽과는 얘기가 잘되어 가나 모르겠네."

"송구하오나 그 부분은 저희들도 감히 알 수가 없는 영역이라서……."

"아, 그래요?"

"……."

신휘는 바짝 얼어붙은 황금상단의 사신들을 잠시 응시하다가 사마송을 돌아보며 물었다.

"이들을 우리 혈왕군에서 접대하고 싶은데…… 괜찮겠습니까?"

"혈왕께서 원하신다면 그리하십시오."

순간 황금상단의 사신들은 사색이 되었다.

무시무시한 혈왕군에서 접대를 받느니 차라리 쫄쫄 굶고 돌아가는 것이 백번 나을 것이다.

"사신들을 모셔라."

"예."

신휘의 말이 떨어지자 혈왕군의 천인장 두 명이 안으로 들어섰다.

그저 보는 것만으로도 심장이 떨어져 나갈 것 같은 패도적인 분위기를 풀풀 풍기자, 황금상단의 사신들은 한마디 말도 못하고 사마송을 쳐나봤다.

하지만 사마송은 옅은 미소를 머금은 채 시선을 외면했다.
"따라오시오."
"소, 속히 돌아가 봐야 해서 마음만 감사히 받겠습니다, 혈왕님."
한 중년인이 용기를 내어 말했다.
신휘가 그를 돌아보며 슬며시 미간을 좁혔다. 백 마디 말보다 그의 그러한 반응이면 충분했다.
"아, 아닙니다. 지금 생각해 보니 하루 정도는 여유가 있을 듯합니다. 가, 감사합니다!"
"감사합니다!"
황금상단의 사신들이 나가자 사마송이 빙그레 웃으며 물었다.
"따로 계획한 바라도 있으신지요."
"저들 중에 혈가 쪽 사람이 있을 수도 있으니 돌아가서 쓸데없는 말을 지껄이지 못하게끔 미리 조치를 취해 둬야 할 것 같습니다. 황금상단이 공식적으로 혈가와의 관계를 정리할 때까지 선부른 오판을 불러일으킬 만한 요소는 미리미리 제거를 해 두는 것이 좋지 않겠습니까."
"아……."
"그나저나 왕적이 약속을 이렇게 잘 지킬 줄은 미처 몰랐습니다. 약속한 날짜보다 사흘이나 더 빨리 가져오다니 말입니다."

사마송이 빙그레 웃었다.

"주군을 대할 때 왕적의 마음은 아마도 조금 전에 혈왕을 대하던 사신단의 마음과 같지 않겠습니까."

"하긴, 그 친구가 작정하고 겁을 주면 염라대제도 움찔할 겁니다. 하물며 왕적쯤이야 바지에 오줌을 지리지 않았으면 다행일 겁니다."

"그렇습니까? 허허허!"

* * *

황금상단의 사신들은 자신들이 타고 온 마차의 창을 통해 드넓은 평원에서 흙먼지를 일으키며 훈련을 하고 있는 혈왕군을 쳐다봤다.

지켜보는 모두의 낯빛은 신휘를 볼 때처럼 딱딱하게 굳어 있었다.

"저들이 말로만 듣던 혈왕군이구나."

"서북무림의 정예 기병 삼만이 반나절도 안 되어 혈왕군에게 궤멸을 당했다고 하더이다. 더 놀라운 것은 그때 혈왕군은 오천이 채 되지 않았고, 혈왕도 다른 전투에 나서느라 현장에 있지도 않았다는 점이오."

"나도 들었소. 사실 그땐 소문이 과장되었거니 했는데…… 코앞에서 저들을 보고 있자니 결코 헛소문이 아니라는 걸 알겠소. 저들은 단순한 기병이 아니라 한 명 한 명이 무림고수인 것 같소이다."

모두가 잔뜩 위축되어 말을 늘어놓을 때, 한 사람만은 기광을 번뜩이며 혈왕군의 훈련을 지켜보고 있었다.

그는 마치 기병 한 명, 한 명의 움직임까지 놓치지 않겠다는 듯 눈조차 깜박이지 않고 곳곳을 살피느라 여념이 없었다.

그런 그의 시야가 한순간 막혀 버렸다.

한 사람이 전마를 타고 달려와 마차에 바짝 다가선 것이다.

순간 전마를 타고 다가온 사내가 창을 들어 앞과 뒤쪽의 마차를 가리키며 외쳤다.

"이보시오들! 장님이 되기 싫거든 냉큼 창문을 닫는 게 좋을 거요."

"……!"

탁!

앞에서 이동하던 마차의 창문이 빛살처럼 닫혔다. 하지만 혈왕군의 훈련을 날카롭게 지켜보던 자는 사내를 힐끗 쳐다보고는 그제야 천천히 창문을 닫았다.

탁.

사내가 그 모습을 보며 씩 웃었다.

"자식이 대놓고 혈가에서 왔수다, 하고 있잖아."

상아처럼 흰 치아를 드러내며 웃는 사내는 바로 혈왕 신휘의 동생 신우였다.

* * *

잠시 후, 황금상단의 사신들은 혈왕군영의 중심에 위치한 건물로 들어갔다. 건물로 향하는 곳곳에 중무장을 한 혈왕군이 그들의 오금을 저리게 만들었다.

안으로 들어가자 뜻밖에도 신우가 그들을 기다리고 있었다.

"여기까지 오느라 수고 많았소. 연회 준비가 끝날 때까지 여기서 기다리시오."

"……."

오던 길에 그를 봤었던 사신단은 서로를 쳐다보며 자리에 앉기를 망설였다.

"두려워할 거 없소. 사신으로 온 당신들을 해치진 않을 테니까."

그제야 사신단은 자리에 앉았다.

신우는 한 사람, 한 사람의 얼굴을 천천히 쓸어 보았다. 위압적인 태도에 모두가 슬며시 고개를 숙였다. 신우로 하여금 혈가 쪽 사람이라 확신을 갖게 했던 장한도 시선을 외면했다.

신우가 장한을 쳐다보며 씩 웃고는 말을 이었다.
"연회를 시작하기 전에 확인을 해야 할 것이 있소."
"확인이라시면……."
"우리가 입수한 정보에 의하면 당신들 중에 혈가의 사람이 섞여 있소."
"……!"
"……예?"
신우의 그 말에 모두가 소스라치게 놀랐다.
한 중년인이 재빨리 말하고 나섰다.
"뭔가 착오가 있으신 듯합니다. 저희 모두는 우리 상단이 혈가와 관계를 맺기 이전부터 오랫동안 함께 일을 해왔던 사이입니다. 한데 혈가라니요."
"난 당신 말보다 우리 측 정보를 믿소. 물론 조사를 해 보고 정보가 잘못된 것이라면 아무도 다치지 않을 것이오. 하니 불상사가 일어나지 않도록 협조해 주면 고맙겠소."
"……!"
"잠시 기다리면 형님이 오실 것이오. 조사는 그때 시작할 테니 그때까지 시장하더라도 좀 참아 주시오. 차를 들여라!"
신우의 말이 떨어지자 혈왕군 두 명이 차를 갖다 놓고 돌아갔다. 하지만 아무도 선뜻 찻잔에 손을 가져가지 못했다.

피식.

"차에 독이라도 탔을까 봐 그러시오?"

"아, 아닙니다."

"뭐, 강요하지는 않을 테니 정 내키지 않으면 향이라도 맡으시오."

신우는 찻잔을 들어 입으로 가져갔다. 그러면서 대놓고 한 명, 한 명의 얼굴을 쓸어 보았다.

그때였다.

-충!

밖에서 군례가 울렸다. 뒤이어 한 사람이 안으로 들어섰다.

신휘였다.

뒤를 이어 중무장을 한 혈왕군 세 명이 들어와 뒤쪽에 시립했다.

"어서 오십시오, 형님."

신휘는 신우가 앉았던 의자에 앉아 두 발을 탁자 위로 올렸다. 충격에 모두의 찻잔이 흔들리며 차가 쏟아졌다.

신휘는 무심한 눈으로 사신단을 쓸어 보며 신우에게 물었다.

"설명을 해 줬느냐?"

"예, 형님."

신휘는 묵묵히 고개를 끄덕이고는 사신단을 향해 말을

이었다.

"순순히 자수하면 정상을 참작해 주지."

"저희 모두는 본 상단이 혈가와 관계를 맺기 훨씬 이전부터 함께 일을 해 왔던 사람들……."

중년인이 말을 하다 말고 입을 다물었다. 신휘와 시선이 부딪친 탓이었다.

"자수하지 않으면 한 명, 한 명 데려가 혈왕군의 방식으로 조사를 받게 될 거야. 해서 미리 경고하는데…… 일단 조사를 받게 되면 온전한 몸으로 되돌아가는 것은 불가능한데, 그런 몸으로 돌려보내면 너희 상단주가 기껏 맺은 휴전 협정을 파기하자고 나올 수도 있겠지?"

"그, 그렇습니다. 우리 상단주는 그러고도 남을 분이십니다."

"내 말뜻을 착각한 것 같군. 그런 성가신 일을 피하기 위해서라면 당연히 너희들을 모두 죽여 입을 막아야겠지. 물론 돌아가는 길에 화적 떼에게 당한 것처럼 꾸미는 건 일도 아니고."

"……!"

모두의 낯빛이 창백하게 변했다.

그때였다.

쾅!

한 장한이 벼락처럼 문을 향해 몸을 날렸다. 신우로부

터 의심을 받고 있던 바로 그 장한이었다.

신우가 움직인 것도 바로 그때였다.

"이럴 줄 알았다니까."

번쩍!

퍽!

"크악!"

장한의 오른팔이 뎅강 잘려 떨어졌다.

잘린 팔이 탁자 위로 떨어지며 피를 튀겼다.

"헉!"

"이럴 수가! 이 사람이 어째서……."

누구보다 사신단의 수장인 중년인이 놀랐다. 그는 불신이 가득한 얼굴로 장한을 바라봤다.

장한은 이미 신우에 의해 제압을 당한 상태였다. 신휘가 그런 중년인을 쳐다보며 차갑게 웃었다.

"너는 아니라는 건가?"

"……!"

"놈이 자리를 박차기 전에 너를 쳐다보더군. 왜 그랬을까?"

"아, 아닙니다! 저는 결코 아닙니다!"

스슥.

신우가 어느새 다가와 중년인의 목에 검을 갖다 대었다.

검날이 파고든 목에서 피가 흘러내렸다.

신휘가 말을 이었다.

"다시 말하지만 자수를 하면 정상을 참작해 준다. 하지만 끝까지 버티겠다면……."

"사, 살려 주십시오!"

털썩!

중년인이 자리에서 일어나 바닥에 무릎을 꿇었다. 뒤이어 이마로 바닥을 찧으며 부르짖었다.

쿵!

"혈가가 저를 협박했습니다! 철혈가의 구조를 기억했다가 지도로 만들어서 가져오지 않으면 제 가족을 죽이겠다고……."

"그러니까 혈가 소속은 아니라는 건가?"

"믿어 주십시오! 저는 열다섯 살에 황금상단에 들어와 한 번도 상단을 떠난 적이 없는 사람입니다! 정말입니다!"

신휘는 다른 자들에게로 시선을 돌렸다. 분위기에 짓눌렸던 모두는 이미 무릎을 꿇고 있었다.

신휘의 입가에 흐릿한 미소가 걸렸다.

'혹시나 싶어 한번 찔러 봤을 뿐인데…….'

6장
황태, 돌아서다

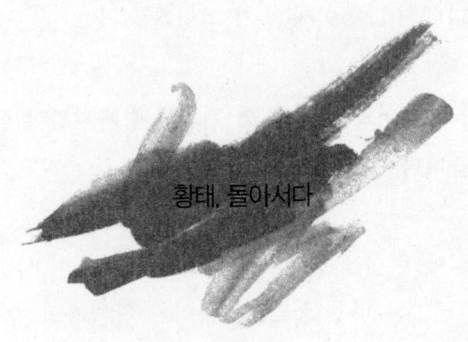

황태, 돌아서다

연후는 거처의 창문을 열었다.

휘이잉.

냉기를 머금은 바람이 기다렸다는 듯 그의 전신을 할퀴고 지나갔다.

"거기 있나?"

"예."

지붕 위에서 철우의 목소리가 들렸다.

"가서 육손을 좀 데려와야겠다."

"알겠습니다."

연후는 철혈가의 곳곳을 응시했다.

오가는 사람들의 발걸음과 표정이 한껏 경쾌하고 밝아 보였다. 서북을 병합하기 이전에 자주 보고 느꼈던 무거

움은 어디에서도 찾아볼 수가 없었다.

주군가의 방어망을 보다 더 견고하게 가져가야 할 필요성이 있습니다. 그러자면…… 後略.

며칠 전에 현진을 만났을 때, 그와 이런저런 사안을 두고 깊은 대화를 나눴다. 그중 하나가 철혈가의 방어망을 보다 견고하게 만드는 것이었다.
지금도 충분히 강력하지만 현진은 초월적 수준에 이른 절대고수의 침입까지 막아 낼 수 있는 방어망을 원하고 있었다.
'현진이 자신의 능력을 모두 쏟아 주기만 한다면…….'
연후는 기분이 좋았다. 백야벌에서 왕적을 상대로 이득을 취한 것보다 현진의 마음을 확인한 것이 더 큰 성과였다.
휘이잉.
냉기를 머금은 바람이 다시 한번 연후의 얼굴을 쓸고 지나갈 때였다.
끼아악!
하늘에서 독수리 한 마리가 나타났다.
독수리는 철혈가의 상공을 선회하다가 서쪽 숲으로 사라졌다.
'결국 여기까지 쫓아왔군.'

그때였다.

"주군."

아래쪽에서 들려온 청아한 목소리에 연후는 표정을 고치고 시선을 아래로 내렸다.

동방리가 마당으로 들어서고 있었다.

"어서 오시오."

"들어가도 되나요?"

"안 그래도 가주를 찾아갈 생각이었소. 들어오시오."

잠시 후, 동방리가 거처로 들어서자 연후는 창문을 닫고 그녀와 마주 앉았다.

동방리는 살짝 눈빛을 떨었다. 연후의 안색이 평소보다 훨씬 더 창백했기 때문이다.

이유가 궁금했지만 물을 수가 없었던 동방리는 연후가 먼저 말을 꺼내기를 기다렸다.

"심법을 하나 만들어 봤소."

"하면 지금껏 그것 때문에……."

"이것저것 고민을 해 봐야 할 것들이 꽤 있었소. 물론 심법을 만드는 것이 가장 우선적인 일이기는 했소. 북부의 전력에 큰 도움이 될 테니까."

동방리는 반신반의했다.

연후의 초월적 능력은 무조건 믿고 있지만, 아무리 그래도 심법을 불과 며칠 만에 창안한다는 것은 거의 불가능에 가까운 일이었다.
 그때 철우와 육손이 들어섰다.
 연후는 육손을 응시했다. 안색은 여전히 창백했지만 전체적인 분위기는 부상을 당했을 때보다 훨씬 나아져 있었다.
 "주군."
 육손이 웃으며 머리를 조아렸다.
 "내가 보이는 모양이군."
 "흐릿하게나마 뵐 수 있습니다."
 "점차 나아질 테니 걱정할 거 없다."
 "예, 주군."
 육손이 자리에 앉자 동방리가 전음으로 말을 보냈다.
 [현재 상태는 정상 시력의 일할에 조금 못 미치는 수준이에요. 당초 예상보다 회복 속도가 많이 더딘 것 같아요. 물론 오늘부터는 제가 곁에서 최선을 다해 도울 것이니 너무 걱정하지 마세요.]
 묵묵히 고개를 끄덕인 연후는 육손에게 물었다.
 "공력의 운용은 어느 정도나 가능하지?"
 "이 할 정도까지 올라왔습니다."
 "나쁘지 않군."
 "예. 솔직히 저로서는 이렇게 살아 있다는 것만도 기적입니다. 하하하."

육손은 활짝 웃었다.

그러니 연후는 가슴이 더 아팠다. 다치지 않았다면 누구보다 쓰임새가 컸을 육손이었다.

"심법을 하나 만들어 봤다. 꾸준히 연마하면 회복에 도움이 될 테니 게을리하지 않도록 해."

"저를 위해서…… 만드신 겁니까?"

"모두를 위해 만들었지만 그래도 네 지분이 반이라고 하면 되겠군."

"감사합니다. 오늘부터 열심히 연마토록 하겠습니다."

철우가 물었다.

"어떤 심법입니까?"

"내 회복력이 남들보다 빠른 이유는 오직 나만이 익히고 있는 심법 덕분이다. 그 심법을 다른 이들도 익힐 수 있게끔 손을 봤다. 열심히 연마하면 회복력은 물론이고 공력 증진에도 도움이 될 테니 조만간 북부의 모든 무사들이 익힐 수 있게 할 생각이다."

"아……."

"와!"

철우와 육손이 탄성을 발했다.

황하수련과의 추격전에서 가벼운 부상을 입었던 연후가 금방 회복되는 것을 곁에서 똑똑히 지켜보았던 동방리였다.

그녀는 이제야 납득이 간다는 표정으로 고개를 주억거렸다.

'공력 증진에 도움이 된다면…….'

공력의 부족함을 누구보다 절실하게 느끼고 있었던 동방리로서는 기대가 클 수밖에 없었다.

철우가 다른 말을 꺼냈다.

"황금상단에서 약속한 돈을 갖고 왔습니다. 한데 그 중에 두 명이 혈가와 관련이……."

철우는 황금상단의 사신단에게서 일어난 일에 대해 간략하게 설명을 해 주었다.

설명이 끝나자 연후는 신휘를 떠올리며 웃었다.

"그냥 넘어갈 친구가 아니지."

"휴전 협정까지 체결을 한 마당에 무슨 꿍꿍이로 세작을 붙여서 보냈는지 알아내야 할 것 같습니다."

"혈가의 가주 입장에서 보자면 꽤 자존심이 상했을 거다. 아무것도 해 보지 못하고 휴전 협정을 체결해야 했으니까. 비록 공식적으로 밝혀진 것은 아니지만 혈가가 황금상단과 한 몸이나 다름없다는 것은 이미 천하가 다 알고 있는 공공연한 비밀이니 황금상단의 패배는 곧 자신의 패배라 여기고 있을 테지. 적혼은 누구보다 자존심이 강한 인물이니까."

"흠. 그럴 수도 있겠군요."

동방리가 물었다.

"그냥 넘어가실 건가요?"

"혈가는 당분간 건들지 않을 생각이오. 일단 우리 목표는 황하수련을 서북의 영토에서 완전히 쫓아내는 것이오."

"저도 돕겠습니다."

"넌 회복에 전념해야지."

"검은 몰라도 독은 시력하고 전혀 상관이 없습니다. 하니 저도 데려가 주십시오. 이렇게 가만히 있으려니 동료들에게 죄를 짓는 것 같아 마음이 편치가 않습니다."

"고민해 보마."

연후는 그래도 안 된다고 하려다가 말았다.

하지만 생각에 변함은 없었다. 참전이 가능한 상태로 회복이 되기 전까지는 전장에 데려갈 생각이 추호도 없었다.

철우가 지필묵을 가져왔다.

"구결을 말씀하시면 제가 적겠습니다."

"이것보다 먼저 해야 할 일이 생겼다."

* * *

철혈가 좌측의 우거진 숲.

수시로 경계 병력이 순찰을 돌고 있는 그곳에 황태가 있었다.

벌써 사흘째.

그동안 황태는 물과 건량으로만 버티면서 연후의 거처를 지켜보는 중이었다.

그 사흘 동안 연후는 코빼기도 비치지 않고 있었다. 어지간한 사람이면 지칠 법도 하건만 황태는 눈빛 하나 흐트러지지 않았다.

그는 끈질겼고 인내심이 강했으며, 목적을 위해서라면 어떤 상황이라도 견디고 참을 줄 아는 자였다.

'언젠가는 철혈가를 나설 때가 있을 것이다.'

황태는 참고 또 참았다.

그러기를 다시 반나절쯤 지났을까?

황태의 두 눈이 기광을 번뜩였다.

거처의 창문이 열리더니 드디어 연후가 모습을 드러낸 것이다.

황태는 나뭇가지 뒤로 슬며시 몸을 숨겼다. 하지만 우거진 나뭇가지의 틈을 이용해 연후의 얼굴에서 눈을 떼지 않았다.

'철혈가를 나서는 순간 숨통을 끊어 주마. 이연후.'

황태는 다시 끓어오르는 복수심을 애써 억누르며 숨을 골랐다. 그때 지붕에서 누군가 모습을 드러내더니 연후에게 다가가는 것이 보였다.

황태는 흠칫했다.

분명 사흘 전부터 조금 전까지 아무도 없었던 지붕이었다. 그런데 거기서 누군가가 모습을 드러낸 것이다.

'하마터면 일을 망칠 뻔했구나.'

사실 그는 오늘 저녁까지 기다렸다가 밤이 되면 연후의 거처 지붕으로 올라가 기회를 엿볼까 말까를 두고 고민을 하던 중이었다.

잠시 후, 지붕 위의 사내가 어디론가 사라지고 대신 한 여인이 나타났다. 여인은 이내 연후의 거처로 들어갔고, 뒤이어 창문이 닫히며 연후가 시야에서 사라졌다.

끼아악!

머리 위에서 독수리 한 마리가 나타난 것도 비슷한 때였다.

'놈이 철혈가를 나실 때까지 이곳에서 지켜보며 기다린다.'

황태는 다시 인내의 시간 속으로 빠져들었다.

제아무리 강한 무공을 지녔더라도 철혈가의 한복판에서 연후를 제거하기 위해 움직일 순 없었다. 동생의 복수만큼 중요한 것이 자신의 목숨이니까.

꼬르륵.

허기를 느낀 황태는 건량을 꺼냈다. 이제 건량도 달랑

한 끼면 바닥이었다.

황태는 건량을 씹으며 물주머니를 끌렀다.

그때였다.

뾰르릉. 뾰르릉.

어디선가 새 울음소리가 울렸다.

물주머니를 잡아가던 황태의 미간에서 굵은 주름이 생겨났다.

단순한 새 울음소리가 아니었다. 그것은 바로 동료를 부를 때 사용하는 혈가의 신호음이었다.

'돌아가라 했거늘……'

퉤!

황태는 씹던 건량을 뱉어 버리고는 신호음이 울린 곳으로 조용히 움직였다.

뾰르릉. 뾰르릉.

두 번째 신호음이 울릴 때, 황태는 기암괴석과 우거진 숲이 한 폭의 그림처럼 펼쳐져 있는 곳으로 들어섰다.

그곳에 한 사람이 서 있었다. 가륵이었다.

'저자가 왜……'

황태는 다시 미간을 좁혔다.

가륵이 그를 돌아보며 씩 웃었다.

"잘못되었으면 어쩌나 걱정했는데, 무사해서 다행이군."

"여긴 왜 왔소?"

"시도는 해 봤나?"

"어쩐 일이냐고 물었소."

가륵을 대하는 황태의 태도는 하나도 변한 것이 없었다. 오히려 중요한 때에 자신을 찾아온 것 때문에 더욱더 싸늘하게 그를 대했다.

하지만 가륵은 아랑곳하지 않고 희미하게 웃었다.

"이쯤에서 포기하고 돌아가야겠다."

"말 같지도 않은 소리."

"그 말 같지도 않은 소리를 주군이 하셨다면?"

"……!"

"놈을 죽이지 말라는 주군의 명이다. 나를 직접 보내신 것을 보면 매우 중요한 일이 벌어졌다고 봐야겠지?"

파르르…….

황태는 눈빛을 떨었다.

적혼이 갑자기 왜 이런 명령을 내렸을까. 자신에게 연후를 죽이라는 명령을 내렸을 때를 생각하면 도저히 납득이 가질 않았다.

"정말 주군께서 그러한 명령을 내렸소?"

"내가 수작이라도 부리는 거라 생각하는 모양이군."

"당신이라면 충분히 가능하니까."

"그놈의 멍청한 머리는 여전하군."

가륵은 암벽에 몸을 기대며 팔짱을 꼈다. 그러고는 황태를 향해 비릿하게 웃으며 말을 이었다.

"가만히 있으면 대적인 이연후와 내부의 경쟁자를 동시에 제거할 수 있는 기회를 걷어찰 만큼 내가 어리석은 사람으로 보였나?"

"……."

"우리가 혈안이 되어 찾고 있던 목격자를 주군께 데려갔지. 목격자를 만난 직후에 주군께서 이연후를 죽이지 말라는…… 아니, 정확하게 말하면 죽이면 안 된다고 하시더군. 이게 뭘 의미할까?"

"이연후가…… 천 년의 관문을 깼다고 보는 거요?"

"어쩌면 그럴 가능성이 매우 높다고 봐야겠지. 돌아가는 상황이 딱 그렇게 말을 하고 있으니까. 만약 혈옥과 관련이 없었더라면 아무리 주군께서 그런 명령을 내리셨더라도 나는 결코 네게 전하지 않았을 거야. 조금 전에 말한 것처럼 돌멩이 하나로 두 마리 새를 잡을 수 있는 절호의 기회를 놓치고 싶지 않거든. 후후후."

'빌어먹을…….'

황태의 낯빛이 치미는 화로 인해 붉게 변해 갔다. 가륵의 말이 사실이라면 무조건 포기하고 돌아가야 했다.

세상은 모르지만 천 년의 관문, 혈옥은 혈가의 염원과 직접적으로 연결이 되어 있는 매우 중요한 곳이었다. 또

한 황태 자신과도 결코 무관하지 않은 곳이 혈옥이었다.

'하필이면 이때 목격자가 나타나다니.'

치를 떨어가며 다짐했던 동생의 복수.

하지만 혈옥은 그보다 훨씬 더 중요한 문제였다.

그리고 정말 연후가 혈옥의 비밀을 깨어 버린 장본인이라면 적혼의 명이 없더라도 절대 죽여선 안 될 일이었다.

죽이더라도 그가 혈옥에서 취한 것을 빼앗은 이후에 죽여야 했다.

꽉.

황태는 어금니를 악물며 철혈가가 있는 산 아래를 바라봤다. 그런 그의 머릿속에 차갑기 그지없는 연후의 얼굴이 떠올랐다.

그 차가움보다 수백, 수천 배는 더한 살기가 내면에서부터 들끓어 오르며 황태의 두 눈을 붉게 물들였다.

'네놈을 죽여야 할 이유가 하나 더 늘었을 뿐……. 오늘은 이대로 돌아가지만 이후 다시 만났을 때가 네놈의 마지막이 될 것이다, 이연후.'

결국 황태는 다음을 기약하며 돌아섰다.

그는 가륵을 쳐다보지도 않고 그의 곁을 지나쳐 숲으로 들어갔다.

가륵이 그런 황태의 뒷모습을 응시하며 묘한 미소를 머금었다.

'네 동생이 왜 죽었는지를 알게 된다면 네놈은 주군이 아니라 나의 검이 될 것이다. 후후후.'

* * *

'놈이 철혈가에서 멀어지고 있다!'
 손겸은 황태에게 붙여 두었던 독수리가 갑자기 서쪽으로 날아오르자 의문을 품었다.
'갑자기 왜…….'
 연후가 철혈가를 나서기 전까지는 움직이지 않으리라 생각했건만, 갑자기 철혈가에서 멀어지기 시작하니 황태의 의도가 궁금하지 않을 수 없었다.
 손겸은 일단 의문을 뒤로한 채 재빨리 독수리를 쫓아 움직였다.
 그러기를 일각쯤 지났을까?
"엇!"
 손겸은 당혹성을 터트렸다.
 독수리가 다시 동쪽으로 방향을 바꾸더니 엄청난 속도로 떨어져 내리기 시작한 것이다.
'혹시 나의 존재를 눈치채고 일부러 방향을 이리저리 바꾸는 걸까?'
 의심이 드는 것은 당연한 일.

하지만 설사 그렇다 해도 이대로 물러설 순 없었던 손겸은 독수리가 떨어져 내린 곳으로 빠르게 움직였다.

가면서 우수로 검을 뽑았고, 좌수로는 세 개의 암기까지 준비하며 황태와의 일전을 준비했다.

끼아악!

푸드덕!

숲 너머에서 독수리의 포효가 울렸다.

날갯짓하는 소리까지 울리는 것을 보면 공격을 받거나 사냥을 하고 있음이 틀림없었다.

손겸은 멈칫했다.

'녀석이 왜 지상까지 내려왔을까.'

거리가 가까워질수록 불안감이 치밀어 올랐다.

손겸은 속도를 죽이고 은신술을 펼쳤다. 그러고는 소리가 나는 곳을 향해 은밀히 다가갔다.

바로 그때였다.

"그쪽이 독수리의 주인인가?"

난데없이 들려온 한 줄기 무심한 목소리에 손겸은 두 눈을 부릅뜨며 돌아섰다.

한 사내가 서 있었다.

그의 얼굴을 확인한 손겸의 두 눈이 더욱더 커졌다. 사내는 바로 불구대천의 원수 연후였던 것이다.

그러나 손겸은 원수를 눈앞에 두고도 움직이지 못했다.

스슥.

철우가 손겸의 뒤에서 모습을 드러냈다.

동시에 좌측 숲에서 사람이 아니라 새파란 빛을 버금은 화살이 불쑥 나타났다. 서백이었다.

손겸은 눈빛을 떨었다.

그는 비로소 깨달았다. 독수리가 움직인 것부터 모든 것이 자신을 잡기 위한 함정이었다는 것을.

'빌어먹을······.'

손겸은 치미는 절망감에 입술을 깨물었다.

그때였다.

푸드득!

끼아악!

"가만있어, 자식아!"

숲 너머에서 독수리의 울음소리와 거친 사내의 목소리가 울렸다.

"독수리가 배가 꽤 고팠던 모양이야. 상처 입은 토끼 몇 마리를 풀어놨더니 미친 듯이 날아오더군. 아무리 훈련을 받아도 본능은 어쩔 수 없었던 모양이지?"

손겸은 흔들리는 눈으로 연후를 돌아봤다.

연후도 손겸을 직시했다.

둘의 시선이 허공을 격하고 얽혀들었다.

연후는 손겸의 눈동자에서 진한 증오와 적개심을 읽을

수 있었다.

'그때 그놈이었군. 한데 다른 놈들이 더 있었던 것 같은데…….'

연후는 손겸이 누군지 알아봤다.

강에서 벌어졌던 황하수련과의 추격전, 그때 자신의 신경을 거슬렀던 흑포인들 중 한 명이 바로 손겸이었다.

"눈빛을 보니 내게 원한이 큰 모양이군. 한데 왜 지금껏 엉뚱한 놈을 쫓았을까?"

"놈을 먼저 죽이고 너를 죽이려 했다."

"그놈이 누구지?"

"놈이 내 수하들을 죽였다."

연후는 비로소 손겸이 왜 혼자인지 이해했다.

"그나저나 나에게 원한이 있다면 강에서의 전투 때문은 아닌 것 같고…… 혹시 내가 네 가족을 죽이기라도 했나?"

"황하수련의 호법 손건을 기억하느냐!"

"손건?"

연후는 미간을 좁혔다.

그리고 기억을 더듬었다. 그러자 어렴풋이 떠오르는 얼굴이 있었다.

지난날 귀령가와 함께 곤경에 처했을 때, 자신의 이간계에 말려들어 서북무림과 충돌했던 손건. 바로 그자의 얼굴이었다.

연후는 실소를 머금었다.

지금껏 자신의 손에 죽어 간 수많은 자들. 손건 역시 그중 하나에 불과할 뿐, 따로 의미를 부여할 만한 인물은 아니었다.

'이러면 곤란한데……'

연후는 손겸을 사로잡을 생각이었다. 그에게서 얻어 내야 할 것이 있어서였다.

하지만 가족의 죽음 때문에 한을 품고 있는 자라면 사로잡는다 해도 원하는 것을 얻어 내기란 결코 쉽지 않을 터였다.

'스스로 불지 않는다면 방법을 달리할 수밖에.'

연후는 팔짱을 풀고 손겸을 향해 다가갔다.

손겸이 검을 들어 연후의 미간을 겨누며 좌수를 어깨 뒤로 가져갔다. 여차하면 암기부터 날릴 생각이었다.

그 순간 손겸은 흠칫했다.

공력을 끌어올리는 순간 단전에서부터 통증이 올라오더니 온몸에서 힘이 쫙 빠져나가는 느낌을 받은 것이다.

'설마……'

"긴장을 하면 생각의 폭이 좁아지는 법이지. 나를 죽일 생각이었다면 나를 보는 순간 달려들었어야 했다. 그랬더라도 결과가 달라지지는 않았겠지만, 덕분에 수월하게 너를 사로잡을 수 있게 되었군."

퍽퍽!

손겸의 목과 허리가 들썩였다.

어느새 다가온 철우가 점혈을 한 것이다.

털썩!

손겸은 맥없이 쓰러졌다.

철우는 혹시 몰라 혀를 물지 못하게끔 아혈까지 제압하고는 손겸이 하늘을 볼 수 있게끔 뒤집었다.

그런 손겸의 눈에 지금껏 보지 못한 새로운 얼굴이 나타났다. 육손이었다.

그가 연후를 돌아보며 활짝 웃었다.

"다친 이후로 침상에 누워 생활하는 것이 너무 심심하고 지겨워서 장난 삼아 만들어 봤는데 효과가 제법인 것 같습니다."

그랬다. 손겸을 쓰러뜨린 것은 육손이 새로 만들어 낸 독이었다.

효과가 대단한 것도 있지만, 뜻밖의 상황에 놀란 손겸이 오직 연후만을 신경 쓰는 바람에 보다 쉽게 하독에 성공할 수 있었다.

"다 끝났습니까?"

조영이 숲을 헤치며 나섰다.

그런 그의 손에는 거대한 독수리 한 마리가 들려 있었다.

끼아악!

손겸을 본 독수리가 사납게 울어 댔다.

손겸은 질끈 눈을 감았다.

체념을 한 것일까. 손겸의 뺨을 타고 눈물이 흘러내렸다.

철우가 연후의 곁으로 다가갔다.

"이놈이 쫓던 놈은 또 누굴까요? 제가 한번 쫓아가 볼까요?"

"이미 늦었다."

"저놈에게 물어봐야겠습니다."

"지금은 그냥 놔둬. 급한 거 아니니 천천히 하면 된다."

"예."

연후는 조영이 안고 있는 독수리를 응시했다.

여느 독수리와 특별하게 다를 것도 없는 모습이었기에 더더욱 신기했다.

'인간과 독수리가 소통이 가능하다니······.'

더불어 의지도 강해졌다.

'어떻게든 우리 것으로 만들어야 한다. 그렇게만 된다면 정보력의 강화는 물론이고, 많은 영역에서 엄청난 효과를 얻을 수 있을 것이다.'

* * *

연후는 육손과 마주 앉았다.

육손은 그 자리에서 지필묵을 가져와 뭔가를 하나하나 적어 나갔다.

"이것들만 구하면 놈의 입을 열게 할 방법을 만들어 낼 수도 있을 것 같습니다."

연후는 육손이 적어 놓은 것들을 확인했다. 하나하나가 구하기 힘든 희귀한 것들이었다.

"시간이 꽤 걸리겠군."

"아니면 고문을 통해 입을 열게 하는 방법도 있지 않겠습니까."

연후는 고개를 저었다.

"그런 눈빛을 가진 자는 쉽사리 입을 열지 않는다. 그나저나 만들어 본 적도, 실제로 사용을 해 본 적도 없다면 성공을 한다는 보장도 없겠군."

탁.

"그래도 시도는 해 봐야겠지. 만약 그런 약을 만들 수만 있다면 꽤 도움이 될 테니까."

"최선을 다해 보겠습니다."

연후는 아이처럼 웃는 육손을 바라보며 새삼 그가 무사하다는 것에 감사했다.

무게를 따질 수 없는 인연의 소중함도 소중함이지만, 육손의 뛰어난 능력은 절대적으로 필요한 것이었다.

"다음 작전에 저도 데려가 주실 겁니까?"

"그래도 안 돼."

"주군."

연후는 단호했다.

그는 실망하는 육손을 직시하며 말을 이었다.

"그때 너를 잃는 줄 알았다. 다시는 그런 고통을 겪고 싶지 않으니 회복에 전념하도록 해."

"시력 빼고는 멀쩡한데……."

"그래서 안 된다고 하는 거다. 시력이 좋지 않은 상태에서 상대가 암습을 해 오면 대처 능력이 떨어질 수밖에 없지 않느냐. 기감만으로는 한계가 있으니 시키는 대로 해."

"……예."

연후는 의기소침해하는 육손을 응시하다가 불현듯 뭔가를 떠올렸다.

'그것도 가능할까?'

연후는 즉각 물었다.

"공력을 증진시켜 주는 영단도 제조가 가능하겠느냐?"

"그건 배워 본 적이 없습니다. 제가 공부를 한 독공서에도 그런 내용은 없었거든요."

혹시나 했던 연후는 치미는 실망감을 억누르며 찻잔을 들어 입으로 가져갔다.

그때 육손이 말을 이었다.

"하지만 그런 영단이 있으면 가능할 것도 같습니다. 어떤 재료가 들어갔는지 그것만 알면 제조하는 거야 뭐, 독단과 크게 다를 게 있겠습니까?"

"영단만 보고 어떤 재료가 들어갔는지 알 수 있단 말이냐?"

"제 혀가 좀 특별합니다. 직접 먹어 보면 그게 무엇이든 충분히 알아낼 수 있습니다."

연후는 머릿속이 시원해지는 기분이었다.

만약 영단 제조에 성공만 할 수 있다면 그 효과는 수십만 병력을 취하는 것만큼이나 대단할 것이다.

'독수리를 부리는 방법을 알아내는 것보다 이걸 더 서둘러야겠군.'

"철우."

"예."

"네가 소림사라는 곳에 좀 나녀와야겠다."

"일전에 조영이 말했던 소환단이라는 것을 가져오면 됩니까?"

"처음부터 훔칠 생각은 말도록 하고."

"하면······."

"사찰도 돈이 있어야 굴러가는 곳이니 원하는 만큼 돈을 주고 사는 게 뒤탈이 없겠지. 송영에게 가서 충분한 돈을 가져가도록 해."

"알겠습니다. 하면 바로 떠나도록 하겠습니다."

"너 혼자 해결해야 할 문제다. 하니 서두르지 말고 며칠 푹 쉬고 가도록 해. 또 지붕에 올라가지 말고 지금 바로 거처로 가서 쉬도록 해."

"……예."

철우가 자리를 뜨자 육손이 물었다.

"그런 일에 굳이 철우 형님을 보내실 필요까지 있겠습니까?"

"돈이 통하지 않을 때를 대비해야지."

"아……."

"그만 가서 쉬도록 해."

"예, 주군."

육손마저 자리를 뜨자 연후는 탁자로 걸어가 지필묵을 준비했다. 모두에게 전수할 심법의 구결을 적기 위함이었다.

하지만 갑자기 두통이 올라오는 바람에 잡았던 붓을 도로 내려놓고 창가로 걸어가 창문을 활짝 열어젖혔다.

오늘따라 바람이 불지 않았다.

날씨는 쾌청했지만 동쪽 하늘 먼 곳에서부터 먹구름이 빠르게 밀려들고 있었다.

'비 때문에 참 많이도 맞았는데…….'

연후는 비를 무척 좋아했다.

어려서부터 비가 오는 날이면 홀로 세가의 뒷산에 있는 정자에 올라 하루 종일 시간을 보내곤 했다.

그럴 때마다 아버지에게 공부와 수련을 게을리했다며 크게 꾸지람을 듣고 매질도 당했다.

심할 땐 이틀씩 창고에 가둬 놓고 물만 준 적도 있었는데, 밤이 되면 형이 몰래 먹을 것을 가져다주곤 했었다.

'그러고 보니 한 번도 찾지를 않았구나.'

철혈가로 돌아온 이후 형의 무덤을 지금껏 찾아가지 않았다.

아버지의 영전이 있는 조사전에 형의 자리는 없었다. 물론 형식적으로 아주 작은 공간을 마련해 두었지만 그것은 완전히 의미가 다른 것이었다.

찌이이…….

가슴 한쪽이 아려 왔다.

바빠서 찾아가지 못했다는 것은 핑계에 불과했다.

그렇다면 왜 찾지 않았을까? 경공술로 두 식경이면 닿을 수 있는 곳인데.

원망이었다.

여전히 가슴 한쪽 깊숙한 곳에는 형에 대한 원망이 남아 있었다. 그것이 아버지에 대한 원망과 뒤섞여 도저히 깨지지 않는 강철처럼 응어리져 있었다.

"와! 눈이다!"

"첫눈이다!"
곳곳에서 터진 탄성에 연후는 상념에서 깨어났다.
눈발이 날리고 있었다.
첫눈이었다.
"주군!"
송영이 마당으로 들어섰다.
"광산 때문에 의논을 드릴 게 있습니다."
"올라오너라."
"옙!"
송영이 냅다 마당을 박차고 올라서는 열린 창문을 통해 사뿐히 들어섰다.
"하늘이 미쳐도 제대로 미친 것 같습니다. 벌써 첫눈이라니요. 어?"
송영이 말을 하다 말고 눈을 동그랗게 치떴다.
눈에 빗줄기가 뒤섞이며 진눈깨비로 바뀌어 버린 것이다.
"잠시 다녀올 곳이 있으니 의논은 저녁에 해야겠다."
"어디 가십……."
송영은 말을 잇지 못했다.
그는 순식간에 까만 점이 되어 버린 연후를 응시하며 고개를 절레절레 흔들었다.
"어째 점점 더 빨라지시는 것 같네."

* * *

휘이잉!

진눈깨비가 더해진 바람은 어지간한 사람은 눈조차 뜰 수 없을 만큼 맹렬하고 사나웠다.

연후는 시야를 방해하는 진눈깨비 너머로 조금씩 모습을 드러내는 무덤을 바라봤다.

묘와 그 주변은 중원의 다른 무덤과는 확연히 다른 모습을 하고 있었고, 묘까지 이어지는 길은 늘어진 나뭇가지 하나 없이 훤히 뚫려 있었다.

한 걸음, 한 걸음 올라설수록 묘의 모습이 점차 선명하게 드러났다.

그렇게 몇 걸음이나 더 걸었을까?

대리석으로 둘러놓은 묘의 하단부기 드러날 때쯤 되었을 때, 연후는 걸음을 멈췄다.

묘 앞에 눈처럼 흰 소복을 입은 한 사람이 있었다. 등을 지고 있어서 얼굴을 볼 순 없었지만 소매 밖으로 드러난 앙상한 손과 피부로 어느 정도 나이를 짐작할 수 있었다.

연후는 묘 주변을 둘러보았다. 잡초는 물론이고 흐트러진 돌멩이 하나 찾아볼 수 없을 만큼 깨끗했다.

"잠시 손길을 멈추시오."

연후의 그 말에 소복을 입은 사람이 천천히 고개를 돌렸다.

앙상하고 까맣게 타 버린 손과는 달리 삼십대 중반쯤 되었을까. 연후는 처음 보는 사람이었다.

그가 머리를 조아렸다.

"주군을 뵙습니다."

연후는 다시 기억을 더듬어 봤다. 하지만 분명 초면이고, 철혈가의 사람은 더더욱 아니었다.

"묘지를 관리하는 사람이오?"

"여긴 따로 관리인을 두지 않았습니다. 다만 때가 되면 무사들이 올라와 주변을 정리해 주곤 했습지요."

"……."

관리인이 없었다는 건 금시초문이었다. 아니, 형의 무덤과 관련해 관심을 둔 적조차 없었다고 하는 게 옳으리라.

참담했다. 아무리 그래도 북부의 주인이 될 수도 있었던 형이건만 관리인조차 따로 두지 않았다니. 또한 자신도 그러한 사실을 오늘에서야 알았다니.

연후는 나지막이 숨을 골랐다.

"그럼 평소에는 당신이 관리했소?"

"예."

"형님과는 어떤 관계인지 알아야겠소."

"대공자께서는 제 목숨을 구해 주신 은인이십니다. 또한 제게 새 삶을 주셨습니다. 미천한 제게 감히 갚지 못할 대은을 베푸셨기에 죽는 그날까지 모시고자 할 따름입니다. 그리고……."

말끝을 흐린 장한이 고개를 들어 연후를 응시했다.

연후는 장한의 눈빛이 심하게 요동치는 것을 볼 수 있었다.

장한이 말을 이었다.

"주군께 전해 드릴 것이 있어 지금껏 기다리고 있었습니다."

"……."

장한이 품속에서 뭔가를 꺼내 두 손에 올리고는 머리 위로 치켜들었다.

작고 기다란 연통이었다.

"주군께서 찾아오시면 그때 전해 드리라고 하셨습니다."

파르르…….

"……형님이 내게 전하라고 했단 말이오?"

"그렇습니다. 매우 중요한 것이니 주군이 아니면 그 누구에게도 보이지 말라 하셨습니다."

꿈틀.

연후의 눈빛이 싸늘히 변했다.

"그렇게 중요한 것이면 왜 진즉에 나를 찾아오지 않았소?"

"대공자의 무덤조차 찾지 않는 주군을 믿을 순 없었습니다."

"······!"

장한의 말이 날카로운 비수가 되어 연후의 가슴을 사정없이 쑤셨다. 연후는 아무 말도 할 수가 없었다.

장한은 그런 연후를 회한이 가득한 눈으로 쳐다보다가 이내 머리를 조아리고는 천천히 돌아섰다.

"이곳에 오면 당신을 만날 수 있소?"

"제 목숨이 다하는 날까지 대공자를 모실 것이니 대공자를 뵈러 오신다면 소인도 보실 수 있을 것입니다."

장한이 향하는 곳은 숲이었다.

연후는 비로소 볼 수 있었다. 숲 뒤쪽에 있는 작고 초라한 한 채의 모옥을.

"잠깐."

장한이 걸음을 멈추고 돌아섰다.

연후는 그런 장한의 얼굴을 직시하며 속에 담아 놓았던 말을 꺼냈다.

"형님을 보살펴 줘서······ 고맙소."

파르르······.

장한의 눈빛이 세차게 흔들렸다.

뒤이어 진창이 되어 버린 땅에 두 손을 짚으며 몸을 낮췄다. 그런 장한의 뺨을 타고 굵은 눈물이 뚝뚝 떨어졌다.
"이제부터는 주군께서 보살펴 주셔야지요. 대공자께서 얼마나 애타게 기다리셨는데…… 으허헝!"
억눌러 놓았던 한이 터진 것일까?
장한은 울부짖다시피 하며 목 놓아 울었다.
연후는 묘를 바라봤다.
형과 함께했던 시간들이 주마등처럼 스치며 지나갔다.
'정말 제가 그리웠습니까?'

* * *

휘이잉!
철우는 조사전의 정문을 한눈에 내려다볼 수 있는 전각의 지붕에서 진눈깨비에 온몸을 맡겼다.
온몸이 흥건히 젖었지만 그는 아랑곳하지 않고 오직 조사전을 바라볼 뿐이었다.
그런 그의 곁으로 한 사람이 조용히 떨어져 내렸다. 백무영이었다.
"아직도 조사전에 계신가?"
"예."
"흠……."

백무영은 미간을 찡그렸다.

대공자의 묘에 다녀온 연후가 조사전에 들어가 하루가 지나도록 나오지 않고 있었다.

"자네한테도 아무 말씀이 없으셨나?"

"전혀."

"분명 무슨 일이 있기는 있는 것 같은데……."

그때였다.

무심결에 정문을 응시하던 백무영이 미간을 좁혔다. 한 대의 마차와 상당수의 인마가 철혈가의 정문을 향해 다가오고 있었다.

백무영은 공력을 끌어올려 마차의 지붕에 나부끼는 깃발을 살폈다.

"백야벌에서 어쩐 일이지?"

그제야 철우도 시선을 돌렸다.

백무영이 난감한 표정으로 중얼거렸다.

"벌에서 왔다면 주군께서 직접 만나 보셔야 할 텐데……."

철우는 조사전을 돌아봤다. 하지만 조사전의 문은 여전히 굳게 닫혀 있었다.

아무도 들이지 말라 하셨소.

철우는 조사전주의 말을 떠올리며 다시 정문으로 시선

을 돌렸다.

그러다가 이채를 발한 것은 무리에서 먼저 떨어져 나와 정문을 향해 전마를 몰고 오는 한 기의 인마를 보았을 때였다.

두두두!

여인이었다.

핏빛 전포에 황금색 투구와 견갑, 그리고 한 자루 검과 장창으로 무장을 한 여인의 모습은 보는 이로 하여금 관심을 불러일으키기에 충분했다.

정문에 다다른 그녀가 무사들을 향해 외치는 목소리가 철우와 백무영의 귓속으로 또렷하게 흘러들었다.

"주작전주 차소령이 하룻밤 신세를 질까 싶어 찾아왔다고 전해 주세요."

주작전주 차소령.

당대 무림에서 여중최강을 다투는 그녀의 등장에 철우와 백무영은 놀란 얼굴로 서로를 쳐다봤다.

백무영의 입가에 묘한 웃음이 걸렸다.

"차기 검후가 될 여자의 등장이라……."

"과연 소문처럼 강할까요?"

"소문을 다 믿을 순 없지만 여인의 몸으로 백야벌에서 전주의 자리에 오른 것만으로도 인정받아 마땅하지. 백야벌의 역사에서 처음 있는 일이니까. 그나저나 주군께도 알려 드려야 할 텐데……."

 백무영의 읊조림에 철우도 묵묵히 고개를 끄덕였다.

 주작전주의 호위까지 받는 것을 보면 마차에 타고 있는 인물이 백야벌 내에서도 상당한 거물임은 분명해 보였다.

 만약 그렇다면 가주인 연후가 직접 맞이하지 않을 시엔 상당히 난처한 상황이 벌어질지도 모르는 일이었다.

 그때였다.

 조사전을 돌아보던 철우의 두 눈이 살짝 커졌다.

 연후가 조사전을 나서고 있었던 것이다.

 "주군께서 나오셨소."

 "후후후. 제때 딱 맞춰서 나오셨네."

 정문을 지키던 무사 하나가 연후를 발견하고는 황급히 몸을 날리는 것이 보였다.

 둘은 서로를 쳐다보며 씩 웃었다.

 연후가 정문이 아닌 거처로 곧장 걸어가는 것을 보았기 때문이다.

 "대지존이나 장로원주 정도가 아니면 백야벌의 누구라도 주군께서 정문까지 나가서 맞을 필요는 없지. 그나저나 소림사로 가 봐야지 않나?"

 "이제 가야지요."

 "조심해. 승려라고 다 좋은 자들만 있는 건 아니니까."

 "참고하겠소."

* * *

 연후는 문을 열고 들어서는 차소령을 앉아서 맞았다. 향긋한 사향이 아니라 진한 땀 냄새가 후각을 자극했지만 연후의 눈빛은 무심할 뿐이었다.
 차소령은 그런 연후를 향해 포권을 취하며 머리를 숙였다.
 "주작전주 차소령이 가주를 뵈어요."
 "어서 오시오."
 차소령은 자리에 앉기 전에 품속에서 연통을 꺼냈다.
 "먼저 이것을 전하고자 합니다."
 백무영이 연통을 가져와 연후에게 건넸다.
 연후는 연통을 열어 그 안에 들어 있는 서신을 펼쳤다.

 철군악입니다. 주작전수에게 모종의 임무가 주어졌······
 中略.
 공사가 다망하신 줄 아오나 워낙에 중요한 일이어서 감히 부탁드리고자 합니다. 하면 다시 뵐 그날을 기대하며······
 後略.

 연후는 서신을 말아 연통에 집어넣고는 차소령을 응시했다. 지금껏 그녀는 자리에 앉지 않고 선 채로 연후를 바라보고 있었다.

"앉으시오."

"예."

그제야 자리에 앉는 차소령에게 백무영이 찻잔을 가져와 차를 따랐다.

차소령은 노랗게 물들어 가는 찻잔을 응시하다가 시선을 들었다.

"송구하지만 귀인께서 머무실 거처부터 결정을 해 주시면 감사하겠습니다."

"손님들을 별채로 모셔라."

"알겠습니다."

백무영이 돌아서자 차소령이 일어섰다.

"제가 직접 모셔다 드리고 돌아오겠습니다."

"그렇게 하시오."

철그럭. 철그럭.

연후는 백무영과 함께 문을 나서는 차소령의 뒷모습을 무심히 바라봤다. 한 걸음 걸을 때마다 갑주의 장식이 흔들리며 내는 쇳소리가 그녀의 강인함을 대신 말해 주는 것 같았다.

연후는 눈을 감았다.

못난 형을 용서해 다오.

형이 남긴 서찰의 내용이 한 글자, 한 글자 머릿속에 떠올랐다.

서찰에는 자신을 향한 애끓는 감정이 조각처럼 쓰여 있었고, 연후도 몰랐던 가문의 기원에 대한 내용부터 시작하여 온갖 것들이 담겨 있었다.

그중 몇 가지는 경천동지하고도 남을 만큼 놀라운 내용이었다.

못난 형의 복수를 해 주겠다면 기꺼이 바라고 있으마. 하지만 복수보다 더 중요한 것이 있으니 하루빨리 가문의 일대조사께서 잠들어 계신 곳을 찾아가······ 後略.

여기까지는 놀라는 정도에 그칠 만한 내용이었다.
하지만 연후를 괴롭히는 건 마지막에 적혀 있었다.

너를 내치신 것이 어쩌면 너를 더 강하게 키우고자 하신 아버님의 안배일지도 모르겠다는 생각이 든다. 아버님의 진심을 알고 싶은데, 형에게 남은 시간이 얼마 없구나. 그것이 정말 아버님의 안배였다면 너를 향한 이 형의 죄스러움이 조금은 덜할 것을······ 後略.

'잘못 보셨습니다. 아버지는 오직 형을 위해 나를 내친

것입니다. 호위 하나 없이 내쫓은 것이 무슨 안배란 말입니까.'

하루가 꼬박 지나도록 부정하고 또 부정했다.

하지만 제발 그게 사실이었으면 하는 바람이 뒤섞이며 연후의 내면을 혼란스럽게 만들어 놓고 있었다.

연후는 숨을 골랐다.

그러고는 찻잔을 쥐어 갈 때, 백무영과 차소령이 돌아왔다.

연후는 쥐었던 찻잔을 내려놓으며 눈빛을 고쳤다.

차소령이 그를 향해 머리를 숙였다.

"과분한 거처를 내주신 것에 감사하다 하셨습니다. 저 또한 가주께 감사드립니다."

연후는 그가 누군지 묻고 싶었다.

하지만 묻지 않았다. 자신이 알아도 될 사람이었다면 철군악이 서찰에 적어 놓았을 것이었다.

"어디까지 가시오?"

"송구하지만 말씀드릴 수가 없습니다."

"호위 병력은 주작전이 전부요?"

"그렇습니다."

"누구를 어디까지 무슨 일로 호위하는지는 묻지 않겠소. 다만 이건 알아 두시오."

연후는 차를 한 모금 마셨다.

탁.

"철군악 사자가 내게 도움을 청했소. 내가 사자의 청에 응했으니 이제부터 당신을 도와야 할 책임이 생겼소."

"……."

"떠날 때 호위 병력을 붙여 주겠소."

"감히 몸 둘 바를 모를 정도로 감사하지만, 호위는 저희 주작전만으로 충분합니다."

"충분했다면 철군악 사자가 내게 도움을 청하진 않았을 것이오. 다시 말하지만 난 내가 져야 할 책임은 무슨 일이 있어도 완수를 해야 직성이 풀리는 사람이오. 하니 나를 무책임한 사람으로 만들지 않았으면 좋겠소."

"……."

차소령은 입술이 달싹거렸다.

하지만 이내 머리를 숙였다.

"가주의 배려에 감사드립니다."

7장
주작전주 차소령

주작전주 차소령

 별채로 돌아온 차소령은 갑주를 벗어 버리고 뒷마당의 열천에 몸을 담갔다.
 '실망이야.'
 그녀는 자신을 대하던 연후의 위압적인 태도를 떠올리며 곱게 미간을 찡그렸다.
 백야벌에 떠도는 연후에 대한 소문은 두 가지로 압축할 수 있었다.
 하나는 오만하기 짝이 없다는 것이고, 다른 하나는 잔혹한 그의 손속에 관한 것들이었다. 몇몇 소문이 더 나돌고 있었지만 연후를 좋게 평가하는 내용은 거의 없었다.
 차소령은 모든 소문이 두 세력의 주군이 된 연후를 시기해서 나온 것들이라 치부했다.

하지만 그러했던 마음이 연후를 만난 이후 완전히 깨져 버렸다. 두 세력의 주군이 된 연후에 대한 궁금증과 호기심도 싹 가셨다.

'소문보다 더한 사람이었어.'

아무리 좋게 생각하려 해도 좋게 볼 수가 없었다.

'벌의 전주라고 해서 대접을 받고 싶은 마음은 추호도 없지만, 그래도 최소한의 예우는…….'

생각하면 할수록 기분이 나빠지자 차소령은 물속에 몸을 눕혔다. 그러고는 한참 동안 그래도 움직이지 않았다.

뽀글뽀글.

기포가 올라오기를 얼마나 지났을까?

촤악!

차소령은 물 위로 머리를 내밀며 크게 숨을 토했다. 그러다가 눈이 동그래졌다.

뒷마당 한쪽에 있는 의자에서 조용히 차를 마시는 한 사람을 본 것이다. 면사로 얼굴을 가린 묘령의 여인이었다.

차소령은 황급히 열천 밖으로 나섰다. 실오라기 하나 걸치지 않은 전라는 신이 빚어 놓은 듯 완벽 그 자체였다.

하지만 곳곳에 나 있는 온갖 흉터는 그녀가 여인이기 이전에 무인임을 말해 주고 있었다.

차소령은 젖은 몸을 닦을 생각도 않고 벗어 놓은 옷을 걸치고는 여인에게로 다가갔다.

"거처가 답답하셨나 보군요, 아가씨."

"아뇨. 아주 마음에 들어요."

면사 여인이 찻잔을 들어 보이며 말을 이었다.

"그냥 바깥바람을 쐬면서 차를 마시고 싶었어요. 여기까지 오는 동안에 제대로 차 한 잔 마시지 못했잖아요."

차소령은 면사 여인의 옆, 바위에 걸터앉으며 뒤를 향해 말했다.

"나도 차 한 잔 줘."

차소령은 다시 면사 여인을 응시했다.

그런 그녀의 눈빛은 안타까움과 따뜻함, 부드러움이 혼재되어 있었다.

"철혈가의 가주는 많이 무서운 분이라고 하던데…… 만나 보니 어땠어요?"

"그냥…… 소문과 크게 다르지 않은 것 같았습니다."

"그럼 정말 오만하고 잔혹하고 이기적이며 무례한 분이었나 보군요."

"그 정도까지는 아니었답니다."

차소령은 빙그레 웃었다.

한 여무사가 차를 갖고 들어섰다. 차소령은 잠시 향을 음미하고는 면사 여인을 돌아보며 말을 이었다.

"철혈가의 호위 병력이 함께할 것 같습니다. 불편하시더라도 신분 노출에 각별히 주의를 기울이셔야 할 것 같습니다."
 "걱정 마세요. 인피면구에 면사까지 썼잖아요. 그래도 조심할게요."
 면사 여인이 찻잔을 내려놓고 별채 주변을 살폈다.
 "여긴 무척 아늑하고 아름다운 곳이군요. 이제 한 시진도 되지 않았는데 마치 오랫동안 살았던 집처럼 느껴져요."
 "마음에 드셨다니 다행입니다."
 "전주님."
 "예?"
 "우리…… 다시 돌아올 수 있을까요?"
 "아가씨, 왜 또 그런 말씀을……."
 "미안해요. 강해지려 노력해도 그게 쉽지가 않네요. 한 번도 백야벌을 떠난 적이 없는 제게 이 세상은 너무 두렵고 무서운 곳이라서……."
 말끝을 흐리는 면사 여인.
 차소령의 두 눈이 안타까운 빛으로 물들었다.
 그때였다.
 "전주님, 누가 찾아왔습니다."
 뒤쪽에서 들려온 목소리에 차소령은 찻잔을 내려놓고 일어섰다.
 "그만 거처로 드시는 게 좋겠습니다."
 "알았어요."

차소령은 면사 여인이 방으로 들어가는 것을 지켜본 후에야 앞마당으로 향했다.

 별채 정문에 동방리와 여 무사 두 명이 서 있었다. 차소령은 여무사들을 먼저 살펴본 다음 동방리를 날카롭게 주시했다.

 하지만 딱히 특별할 것이 없어 보이자 눈빛을 풀며 밖으로 나섰다.

 동방리가 그녀를 향해 말했다.

 "계시는 동안에 여러분들의 편의를 돌봐 드리라는 주군의 명이 계셨어요. 먼저 이것부터 받으세요."

 두 여무사가 커다란 바구니 두 개를 건넸다. 주작전의 대원 두 명이 앞으로 나서서 바구니를 건네받았는데, 안에는 여인에게 필요한 물품이 담겨 있었다. 차소령에게도 마침 필요한 것들이었다.

 "가주께 감사하다 전해 주세요."

 "떠나실 때까지 저곳에 머무를 예정이니 더 필요한 것이 있으면 언제든 말씀하세요."

 동방리가 손을 들어 별채 좌측을 가리켰다.

 그곳에 자그마한 전각이 있었는데, 별채를 관리하는 무사들이 사용하는 일종의 숙소인 곳이었다.

 별채의 관리는 남무사들의 몫이었지만, 차소령 일행이 들어서면서 모두 자리를 비우고 없었다. 차소령은 연후가 자신들을 배려하여 동방리와 여무사들을 보낸 것이라 생각했다.

'뜻밖이네.'

그렇다고 비호감이 호감으로 바뀌지는 않았다. 첫인상이 워낙에 강렬했던 탓이었다.

"그럼 쉬세요."

차소령은 돌아서는 동방리의 뒷모습을 보며 슬며시 미간을 찡그렸다.

'저 여자도 철혈가주와 분위기가 비슷한 것 같은데……'

동방리는 처음 봤을 때와 돌아설 때까지 포권조차 취하지 않았다. 아무리 그런 쪽에 무심한 차소령이라도 신경이 거슬릴 수밖에 없었다.

최소한의 예의라는 게 있지 않은가. 하물며 자신은 백야벌의 전주인데.

'하긴 주군을 닮아 가는 법이지.'

차소령은 실소를 머금으며 돌아섰다. 그때 한 줄기 음성이 그녀의 귓속으로 흘러들었다.

"가주님, 차를 준비할까요?"

"고마워."

차소령은 눈을 살짝 치뜨며 고개를 돌렸다.

'가주라고?'

* * *

 동방리는 후각을 찌르는 사내들의 향에 곱게 미간을 찡그리며 창문을 열었다.

 창을 열자 별채의 뒷마당이 한눈에 들어왔다. 열천이 뿜어내는 열기가 그녀의 얼굴에까지 전해졌다.

 '처음이야. 여고수를 보고 이런 위압감을 느낀 적은……'

 그녀의 머릿속에서 차소령의 모습이 떠나지 않고 있었다.

 애써 담담한 척을 했지만 차소령을 만나기 직전까지는 가슴이 뛰었다.

 세가의 식솔들과 함께 쫓겨 다니는 생활을 할 때부터 그녀가 꿈꿨던 이상은 주작전주 차소령처럼 강해지는 것이었다.

 그런 차소령을 만났을 땐 숨이 턱턱 막히는 기분이었다. 뛰는 심장을 억누르느라 제대로 쳐다보지도 못했다.

 하지만 지금은 그렇지 않았다.

 뛰던 심장도 가라앉았고, 거미줄이 얽힌 것처럼 혼란스럽던 머릿속도 평소의 냉철함을 되찾은 상태였다.

 '그녀처럼 되는 것만으로는 부족해.'

 꽉.

상아처럼 흰 치아가 입술을 지그시 눌렀다.
'넘어서고 말 테야. 주군께서 나를 위해 만들어 주신 무공이면 못할 것도 없어.'

　　　　　　　＊　＊　＊

다음 날 아침.
차소령은 다시 연후를 찾았다. 떠나기 전에 인사를 하기 위함이었다.
"거처는 괜찮았소?"
"가주께서 배려해 주신 덕분에 너무 편히 쉬고 가신다며 감사해하셨습니다. 또한 직접 뵙고 인사를 드려야 하나 사정이 있어 그러지 못함을 부디 이해해 달라 하셨습니다."
"잘 쉬었으면 되었소."
연후는 찻잔을 들었다. 차소령도 연후의 속도에 맞춰 차를 마셨다.
그때 백무영이 들어섰다.
차소령은 찻잔을 내려놓고 백무영과 연후를 번갈아 응시했다.
"이 친구가 차 전주를 도울 것이오."
"이분…… 혼자십니까?"

"인원이 많아지면 기동력에 문제만 생김은 물론이고 성가신 일도 많아질 거요. 그리고 차 전주도 그건 바라지 않을 것 같고……."

"가주의 배려에 다시 한번 감사드립니다."

"내 수족과 같은 친구이니 대할 때 예를 갖추도록 하시오."

"그리하겠습니다. 하면 이만 인사를 드려야 할 것 같습니다."

"무운을 빌겠소."

"다녀오겠습니다, 주군."

연후는 백무영과 함께 거처를 나서는 차소령의 뒷모습을 응시하며 묵묵히 고개를 끄덕였다.

과연 소문대로 대단한 여인임에 틀림없었다. 예를 갖추면서도 기개가 살아 있는 태도와 눈빛은 그조차도 감탄할 정도였다.

연후는 동방리를 떠올렸다.

'충분히 자극이 되었기를…….'

* * *

철혈가의 정문.

주작전과 마차가 떠날 준비를 하고 있을 때, 서백과 송영, 육손 등이 백무영을 배웅하기 위해 나왔다.

당연히 조영도 있었다.

모두가 밝은 표정이었지만 조영만큼은 아쉬워하는 기색이 역력했다.

그리고 그만큼이나 아쉬워하는 인물이 또 있었는데, 바로 해왕 남곤의 아들 남호였다. 교관인 백무영이 자리를 비우면 더 이상 수련을 할 수 없기 때문이었다.

백무영이 둘을 돌아보며 말했다.

"나 없다고 수련을 게을리하면 알아서들 해."

"염려 마십시오."

"옙!"

"조심히 잘 다녀오십시오, 형님."

"오실 때 선물 잊지 마세요."

백무영은 서백이 끌고 온 전마에 몸을 실었다.

한편 이를 지켜보고 있던 차소령은 내심 놀람을 금치 못했다.

'한 명, 한 명이 예사롭지가 않아. 게다가 젊기까지…… 북부무림에 이런 인재들이 얼마나 더 있을까.'

북부에 능력자들이 많다는 것은 이미 백야벌 내에 파다하게 퍼져 있었다.

단연코 으뜸은 혈왕 신휘였다.

그 외에도 젊고 강한 고수들이 연후의 주변이 포진하고

있는데, 북부가 서북무림을 병합하는 데 있어 가장 큰 공을 세웠다고 알려져 있었다.

'그나저나 혈왕을 보고 싶었는데……'

무인이라면 누구나 경외해 마지않는 혈왕 신휘.

이는 차소령도 예외는 아니었다. 사실 그녀는 연후보다 혈왕 신휘가 어떤 사람인지 더 궁금했었다.

'훗날 볼 날이 있겠지.'

차소령은 아쉬움을 뒤로하고 말을 몰아 선두로 나섰다. 그녀가 손을 들자 마차가 먼저 움직이기 시작했고, 주작전의 고수들이 뒤를 따랐다.

백무영의 자리는 맨 뒤쪽이었다.

그렇게 정문을 넘어 관도까지 이어지는 대로에 들어섰을 때였다.

두두두!

전방에서 한 기의 인마가 흙먼지를 일으키며 맹렬히 달려왔다. 그 기세가 워낙에 엄청났던 까닭에 차소령은 만약의 사태에 대비해 검파에 손을 얹었다.

그녀는 백무영을 돌아봤다. 저 앞에서 달려오는 자가 누군지 묻는 것이었다.

백무영은 슬쩍 옆으로 나와 달려오는 인마를 바라봤다. 그러고는 차소령을 돌아보며 말했다.

"혈왕이신 것 같소."

"……!"
 차소령을 비롯한 주작전 전체의 분위기가 바뀌었다. 백무영은 온몸으로 그것을 느끼며 실소를 머금었다.
 '하긴 괜히 혈왕이 아니지.'

* * *

 연후는 거처의 창을 통해 정문을 넘어가는 차소령 일행을 바라봤다. 그런 그의 옆에 동방리가 서 있었다.
 "주군의 눈에는 어떻게 보였는지 궁금해요."
 "저 여자 말이오?"
 "예."
 "소문대로였던 것 같소."
 짤막했지만 하고 싶은 말이 다 담긴 대답이었다. 차소령에 관한 소문을 동방리가 모를 리 없었으니까.
 이번에는 연후가 물었다.
 "가주는 어떻게 보셨소?"
 "심장이 떨릴 만큼 위압적이었어요. 처음 봤을 땐 눈도 제대로 마주치지 못했거든요."
 솔직한 대답에 연후는 빙그레 웃었다.
 동방리가 연후를 돌아봤다.
 "제가 저 사람을 뛰어넘을 수 있을까요?"

"자신 없소?"

"자신 있어요!"

동방리는 자기도 모르게 큰 소리로 대답을 했다가 민망함이 들어 살짝 얼굴을 붉혔다.

"그럼 됐소. 의지만 있다면 세상에 못할 것은 없으니 당장은 내가 준 초식부터 완벽하게 익히도록 하시오. 공력 문제는 곧 해결이 될 거요."

"그럴게요. 그럼 저는 혈왕께서 오고 계시니 나가서 차를 더 준비할게요."

"고맙소."

연후는 시선을 돌려 차소령 일행을 바라봤다. 마침 엄청난 속도로 달려오던 신휘가 고삐를 당겨 전마를 멈춰 세우고 있었다.

'나보다 더 유명한 혈왕을 만났으니 다들 긴장하겠군. 후후후.'

* * *

"워워!"

신휘는 고삐를 당겨 속도를 늦췄다.

그는 전마의 갈기를 쓰다듬어 주고는 다가오는 행렬을 바라보며 미간을 좁혔다.

'백야벌이라…….'

마차의 지붕에 나부끼는 깃발은 분명 백야벌을 상징하는 것이었다.

신휘는 차소령을 응시했다.

핏빛 흉갑과 견갑, 그리고 전마에 걸어 놓은 장창과 허리춤의 장검은 신휘에게도 매우 인상적인 모습이었다.

그때였다. 무리의 뒤쪽에서 백무영이 불쑥 모습을 드러내자 신휘는 다시 미간을 좁혔다.

'저 양반이 왜…….'

백무영이 다가오며 물었다.

"기별도 없이 어쩐 일이십니까?"

"아, 주군하고 의논할 게 좀 있어서……. 한데 이들은 누굽니까?"

"백야벌의 주작전입니다."

신휘는 비로소 차소령의 정체를 알 수 있었다.

그때 차소령이 인사를 건네 왔다.

"차소령이 혈왕을 뵈어요."

"신휘요. 반갑소."

신휘는 주작전 전체를 천천히 쓸어 보았다. 그의 시선을 받은 주작전의 대원들이 포권을 취하며 머리를 숙였다.

신휘는 다시 백무영을 돌아봤다. 그는 백무영이 주작전

과 함께 움직이는 이유가 매우 궁금했다.

그의 눈빛에 담긴 의미를 짐작한 백무영이 빙그레 웃으며 말했다.

"주군께서 이들을 도우라 하셨습니다."

"백 형 혼자서 말입니까?"

"예. 그렇게 되었습니다."

[더 물으면 곤란합니까?]

[제가 아는 게 거의 없습니다. 다만 시간이 꽤 걸릴 것 같습니다.]

신휘는 묵묵히 고개를 끄덕이고는 차소령을 향해 포권을 취해 보였다.

차소령도 고개를 숙여 화답했다.

"돌아오면 술 한잔합시다, 백 형."

"좋습니다."

"그럼."

두두두!

신휘는 이내 전마를 몰고 철혈가를 향해 질풍처럼 내달렸고, 백무영은 다시 본래의 자리로 되돌아갔다.

그런 백무영을 응시하는 차소령의 두 눈이 놀람으로 인해 살짝 커졌다.

'천하의 혈왕이 예를 갖춰서 대할 정도로 대단한 사람이었다니…….'

백무영을 향한 차소령의 궁금증이 매우 깊어지려는 그때, 그녀의 눈에 들어온 것은 백무영의 허리춤에 매달려 있는 기다란 쇠막대기였다.

 무기라고 할 수도 없는 그저 평범한 쇠막대기. 하지만 차소령은 천고에 둘도 없는 신검(神劍)이라도 본 사람처럼 크게 놀랐다.

 '설마……'

 그녀의 머릿속에 한 번도 본 적은 없지만 귀가 따갑게 들어왔던 강호의 한 절대고수가 떠올랐다.

 암흑마왕(暗黑魔王), 혹은 암흑마제(暗黑摩帝), 또 어떤 이들은 창왕(槍王)이라고까지 부르는 공포의 싸움꾼.

 '아닐 거야. 그는 세상 누구에게도 머리를 숙이지 않는 것으로 알려져 있는데……'

 "전주님."

 부전주의 목소리에 차소령은 눈빛을 고치고 말의 옆구리를 가볍게 걷어찼다.

 이동이 재개되었다.

 한편 차소령이 자신을 두고 혼란을 겪고 있는지 모르는지 백무영은 맨 뒤로 돌아가 전마에 몸을 맡긴 채 눈을 감았다.

 전마가 움직일 때마다 허리에 차고 있는 쇠막대기에서 쩔그럭거리는 소리가 흘러나왔다. 아무도 신경 쓰지 않앉지만 차소령만큼은 그 소리가 매우 신경이 쓰였다.

* * *

적혼의 명령으로 동생의 복수를 잠시 미룰 수밖에 없었던 황태는 철혈가에서 한나절 정도 떨어진 자그마한 도시로 들어갔다.

가륵이 그와 함께했다.

둘은 도시 외곽의 한 객잔으로 들어가 술과 요리로 허기를 달랬다.

"한잔하지?"

"사양하겠소."

황태는 소면 한 그릇을 뚝딱 해치우고는 차로 술을 대신했다.

"누가 얼마나 오는지 알고 있소?"

"몰라. 자네를 말리라는 주군의 명만 받고 바로 달려왔거든."

가륵은 식성이 좋았다. 소면 한 그릇과 장육 한 접시를 비우고 삶은 닭에 손을 가져가며 입맛을 다셨다.

"혹시 주군이 직접 움직일 수 있다고 보시오?"

"다른 일도 아닌 혈옥과 관련한 문제라면 충분히 그럴 수 있지. 아니면 그들이 움직일 수도 있고."

"그들이라니, 누구를 말하는 거요?"

가륵이 뼈만 남은 닭다리를 내려놓고 황태를 직시했다.

"주군이 황금상단과 손을 잡은 이유가 뭔지 아나? 그들의 막강한 자금력을 이용해 고대의 인간병기들을 만들고자 함이었지. 자네도 들어 봤을 거야. 혈강시라고."

"지금…… 혈강시라고 했소?"

"혈강시가 대단하긴 한 모양이군, 천하의 황태가 놀라는 걸 보니. 후후후."

"혈강시의 제조법을 주군이 알고 계신단 말이오?"

"그렇다고 봐야겠지. 제조법을 모른다면 내게 혈강시로 만들 아이들을 찾아오라는 명령도 내리지 않았을 테니까."

황태는 눈빛을 떨었다.

혈강시(血殭屍)는 죽은 자가 아니라 산 자의 육신을 특수한 방법으로 단련시켜 금강불괴보다 더 강력한 신체로 탈바꿈시킨 고대의 살인병기였다.

보통 알고 있는 강시와는 달리 의사소통이 가능하며, 지능도 전혀 떨어지지 않아 독자적인 임무 수행이 가능한 것으로 알려져 있었다.

그리고 그들이 최고 단계에 이르면 세상의 어떤 무기로도 죽일 수 없다고 전설은 전하고 있었다.

"확실한 이야기요?"

"그건 나도 몰라. 뭐 이번 작전에 투입이 되면 성공한 거고, 아니면 아직 미완성이라고 봐야겠지. 그나저나 혹시 몰라서 미리 말해 두는데…… 나중에라도 주군께 혈강시에 대해 묻지 않는 게 좋을 거야. 싫어하셔도 너무 싫어하시거든. 후후후."
"한데 당신은 어떻게 그리 잘 알고 있소?"
"말했잖아. 혈강시 제조에 필요한 놈들을 내가 직접 구했다고. 물론 나도 거기까지만 알 뿐이지만. 이것 좀 먹게 질문 좀 그만해."
가륵은 닭다리 하나를 집어 들었다.
황태는 그런 가륵을 혐오스러운 눈으로 쳐다보고는 찻잔을 들었다.
잠시 후, 가륵이 게 눈 감추듯 닭 한 마리를 다 해치우고는 손가락을 쪽쪽 빨며 물었다.
"한데 왜 철혈가까지 쫓아온 거지? 그 전에 도저히 기회가 나질 않았던 거냐?"
"이상한 놈들이 엮였소."
"이상한 놈들?"
"그럴 일이 있었소."
가륵은 더 묻지 않았다. 황태가 이렇게 말하면 더 물어봤자 대답할 리가 없다는 것을 누구보다 잘 알고 있는 그였다.

대신 다른 것을 넌지시 물었다.

"마공은 극성까지 익혔나?"

"관심 끄시오."

"마공이 아니라 건방신공만 익힌 모양이군. 하여간에 예나 지금이나 그 버르장머리 없는 태도는 여전하단 말이지. 후후후."

가륵이 자리를 털고 일어섰다.

"올라가서 잘 테니 자네도 좀 쉬도록 해. 나중에 어떤 일이 벌어질지 모르니 몸과 마음을 최고 상태로 만들어 두라고."

가륵은 곧장 객실이 있는 삼 층으로 올라갔다.

홀로 남은 황태는 천천히 차를 비우고는 자신의 방으로 올라갔다.

벌써 옆방에서는 코를 고는 소리가 흘러나왔다. 기가 막히고 어이도 없었지만 한편으로는 가륵의 저러한 여유가 조금은 부럽기도 했다.

덜컹.

황태는 창문을 열어젖혔다.

휘이잉.

냉기를 머금은 바람과 함께 진눈깨비가 들이쳤지만 가륵은 크게 숨을 고르고는 어둠이 내려앉은 저잣거리로 시선을 던졌다.

사납게 몰아치는 진눈깨비 때문에 저잣거리는 이미 인적이 거의 끊긴 상태였다. 그나마 오가는 사람들이라고는 한껏 취한 취객 몇 명이 전부였다.

'혈옥을 깬 것이 정말 놈일까?'

황태는 아니기를 바랐다.

만약 연후가 정말 혈옥을 깼다면 동생의 복수는 물 건너가고 말 것이다.

적혼이 직접 연후를 맡게 된다면 어쩔 수 없이 물러나야만 했다. 아무리 복수가 중요하다지만 감히 적혼을 거부할 순 없는 일이었다.

드르릉. 드르릉.

가륵의 코 고는 소리가 점점 더 커졌다.

그때였다.

저잣거리 북쪽에서 한 무리의 인마가 모습을 드러내는 것이 황태의 눈에 들어왔다.

무심결에 그곳으로 시선을 돌렸던 황태는 마차의 지붕에 나부끼는 깃발을 발견하고는 안광을 발했다.

'백야벌……'

황태는 인마들을 날카롭게 살폈다.

그러고는 미간을 좁혔다.

'여인들로 이루어진 부대라면 주작전이겠군. 한데 백야벌의 무력 부대가 이런 외진 곳엔 어쩐 일이지?'

황태가 궁금해할 때, 인마들은 점점 그가 있는 객잔 쪽으로 다가왔다.

　그리고 잠시 후, 조금 지나친 곳에 이르러 이동을 중단하더니 길 건너편의 한 객잔으로 모두 들어갔다.

　그들을 지켜보던 황태의 두 눈이 이채를 머금은 것은 죽립을 깊게 내려쓴 사내를 보았을 때였다.

　그가 죽립을 벗으며 황태를 돌아본 것이다.

　사납게 쏟아지는 진눈깨비를 격하고 둘의 시선이 얽혀 들었다.

　하지만 그건 순간에 불과했다.

　황태는 객잔으로 들어가는 사내의 뒷모습을 응시하며 안광을 번뜩였다.

　조금 전 시선이 마주쳤을 때, 내면에서부터 알 수 없는 뭔가가 꿈틀거리며 올라온 것이다.

　'하긴 백야벌에서 왔다면 보통 놈일 리가 없겠지.'

*　*　*

　백무영은 진눈깨비를 털어 내고 객잔으로 들어갔다. 차소령은 면사 여인과 함께 곧장 객실로 올라가고 없었다.

　그는 일부러 저잣거리를 볼 수 있는 창 쪽에 자리를 잡고 앉았다. 그러고는 길 건너의 한 객잔을 응시했다.

조금 전, 시선이 마주쳤던 자가 여전히 창가에 서서 이쪽을 쳐다보고 있었다.

'이런 외진 곳에 있을 자가 아닌데……'

고수는 고수를 알아보는 법이라고 했던가?

시선이 얽혔을 때 백무영은 직감했다. 상대가 엄청난 고수라는 것을.

왠지 거슬렸다.

내면에서부터 알 수 없는 뭔가가 치밀어 올랐다. 세상을 살아오면서 숱한 상대를 만났고, 헤아릴 수 없을 만큼 많은 적들을 죽였지만 조금 전의 그런 눈빛은 본 적이 없었다.

그때였다.

차소령이 내려왔다. 그녀는 곧장 백무영에게로 다가왔다.

"합석해도 될까요?"

"그러시오."

"우리도 같은 걸로 부탁해."

"예, 전주님."

"술도 한 병 시킵시다."

"그럴까요? 여기 술도 한 병 부탁할게."

차소령은 백무영의 맞은편에 앉았다.

거기까지였다. 둘은 음식과 술이 나올 때까지 서로를

쳐다보지도 않았고, 대화를 나누지도 않았다.
"드세요."
"드시오."
 차소령은 거침이 없었다. 먹는 모습도 마치 사내를 보듯했고, 술잔을 꺾는 손길도 거칠기 짝이 없었다.
"한 잔 더 하겠소?"
"한 잔만 더 하죠."
 쪼르륵.
"그러고 보니 우리…… 통성명조차 제대로 하지 않았군요. 차소령이라고 해요."
"백무영이오."
'백무영?'
 들어 본 적이 없는 이름이었다.
 당연했다. 백무영은 지금껏 활동을 하면서 이름을 사용한 적은 없었다.
 무시무시한 별호도 천하인들이 붙여 준 것일 뿐, 정작 백무영은 관심조차 없었다. 그러니 어디 가서 이름을 밝힌들 그가 누군지 아는 사람은 철혈가에 있는 동료들뿐이었다.
"실례가 안 된다면 별호를 여쭤봐도 될까요?"
"그런 거 없소."
 쪼르륵.

탁.

"가주께서 무척 신뢰하시나 봐요. 사실 도와주신다고 했을 때 한 명일 거라고는 생각도 못했었거든요. 어쨌든 고마워요. 일이 끝날 때까지 잘 부탁드릴게요."

"민폐가 되지 않도록 노력하겠소."

"호칭은 대협으로 하면 될까요?"

"편한 대로 하시오."

"그럼 대협으로 하죠. 저뿐만이 아니라 대원들도 호칭을 미리 정해 놓아야 편할 것 같아서요. 그럼 아침에 뵙죠."

식사를 끝마친 차소령은 지체 없이 자리에서 일어났다.

백무영은 계단을 통해 위층으로 올라가는 그녀의 뒷모습을 응시하며 흐릿하게 웃었다.

'내 정체가 꽤 궁금한 모양이군.'

쪼르륵.

백무영은 거푸 술잔을 비웠다. 그리고 마지막 남은 술마저 다 비우고는 객실이 있는 위층으로 올라섰다.

공교롭게도 그의 방은 조금 전 신경을 거슬렸던 자의 객잔과 가장 가까운 쪽, 그것도 같은 층에 창문만 열면 비스듬히 마주 볼 수 있는 곳에 위치하고 있었다.

그자의 방은 이미 불이 꺼져 있었다.

백무영은 만약의 사태에 대비해 창문을 가린 천을 살짝 벌려 놓고는 겉옷을 벗었다.

 하지만 신발은 벗지 않았다.

 신발을 벗지 않는 것은 그만의 철칙이자 오래된 습관이며 버릇이었다.

 백무영은 이불을 접고 그 위에 베개까지 얹었다. 그리고 그 위에 몸을 비스듬히 눕혔다. 그러자 살짝 젖혀 놓은 천 너머로 맞은편 방의 창문이 보였다.

 백무영은 그 자세로 눈을 감았다.

 그리고 깜박 잠이 들었다가 인기척을 감지하고는 눈을 뜨고는 창가로 조용히 다가가 창밖을 살폈다. 맞은편 객잔으로 들어가는 자들이 있었다.

 모두 다섯 명.

 하나같이 칙칙한 기운을 뿌리는 자들이었다. 그들이 들어서자 백무영의 신경을 거슬렀던 자의 방에 불이 켜졌다.

 '수상한 놈들인데…….'

(북천전기 10권에서 계속)

환상이 숨쉬는 공간 파피루스 blog.naver.com/gnpdl7

신들의 전장, 신세계
게임 속 엑스트라가 된 에단에게 기회가 찾아왔다

[당신에게 걸맞은 신을 구독하세요!]

"모두가 나를 원한다고?"

―필멸자여, 제발 나를 구독해 주게나!

수많은 신들의 아이돌이 된 에단,
그의 한 걸음마다 세계가 들썩이고 신들이 주목한다!

신들의 구독자

최달해 판타지 장편소설

환상이 숨쉬는 공간 파피루스 blog.naver.com/gnpdl7

『전직 사기꾼의 신앙생활』『남작가의 정령 천재』
사는게죄 작가의 판타지 신작

『무적 쓰고 레벨업』

게임이 현실이 된 세계
고인물 게이머 황태선은…… 무적이다!

[무적(SSS)을 발동합니다.]
[지속 시간 : 1초]

어떤 물리 공격도, 갖가지 마법도
그의 앞에서는 무용지물

신조차도 감당하지 못하는
무적의 강자, 황태선의 일대기가 시작된다!

사는게죄 판타지 장편소설